著名中学师生推荐书系

黄荣华 主编

何处望神州

夏坚勇
散文精读

夏坚勇　原著

王　丽　编注

复旦大學 出版社

著名中学师生推荐书系
编注委员会名单

主 编
黄荣华

编 委

复旦大学附属中学	李郦　王希明　黄荣华
北京大学附属中学	蔡明
西安交通大学附属中学	黑永先　裴兰
华东师范大学第二附属中学	江汇　孙彧
山东省实验中学	王岱
浙江省杭州高级中学	包素茵　陈童
上海市育才中学	马玉文
上海市控江中学	陈爱平
上海市进才中学	刘茂盾　王云帆
上海市建平中学	宁冠群
上海市敬业中学	兰保民

编注者说

　　为更好地满足全国中学生朋友的阅读需要，我们约请了北京、陕西、河南、山东、浙江、江西、广东、上海等十多个省市的著名中学师生，推荐他们认为最有阅读价值的读本，并在此基础上构建了一个崭新的书系——"著名中学师生推荐书系"。这套崭新的书系体现了编注者的三大构想：

　　让中学生朋友们共享同龄人的精神资源。每位中学语文尖子都有自己的个性化阅读，这种个性化阅读在多数情况下应当是有普遍价值的，因为毕竟大家的年龄相当、阅历相似、文化背景相同。他们所以成为语文尖子当然有诸多原因，但他们的个性化阅读一定是一个重要因素。因此，把那些语文尖子的个性化阅读且具有普遍意义的著作，让语文尖子们自己向同龄人推荐，说出自己阅读的意义或方法，应当对绝大多数中学生朋友是有益的。

　　增加同学们的情感和思想积累。这就先要说到"应试"教育了——无论是现代文阅读，还是古诗词鉴赏，或是文言文理解，作文就更不用说了，没有真情分辨与把握，没有思想综合与揭示，考生最多只能拿到最基础的分数。因此，要想在语文考试中拿到高分，就必须注重情感与思想的积累……其实，一名真正的读者，是永远把情感与思想历练放在第一位的。这样的读者不仅可使自己成为有情味的人、有思辨力的人，而且永不会被迷惑，应对各种各样的考试就更不在话下了。

倡导一种语文观念——语文学习的重要目的是协调学习者与社会的关系。就中学生而言，如何与同学、朋友交往，与家长交心，与老师交流，与陌生人相待，是一门重要的课业，但今天的教育基本忽略了这一方面。我们在这套书系的编辑、评点中，也期待在这方面有所作为。应试能力也是一种与社会的协调能力。如果我们能把眼光放远点，我们就能看到，每个人的一生都会遇到无数次大大小小的考试。一个没有应试能力的人是不能融于社会的。现在的问题是，我们把应试妖魔化了。这不能怪应试本身，而应责怪社会对应试的理解过于偏狭，对中学生应试的操作过于单一。我们衷心期待，阅读这套书系的同学能获益，哪怕从最基本的应试上获益。

上述三大构想正是我们编注这套"著名中学师生推荐书系"的理由，但这套书系的编注还有一个重要理由，那就是关注现代意义上的中国人的建设。

大家都知道，中国社会进入现代的标志性事件是五四运动。随着"德先生"与"赛先生"的到来，中国人逐步由近代走向现代。在走向现代的进程中，现代文学发挥着巨大的作用。现代散文的创作、流传与阅读，则成为了人们走向现代的最轻便的精神武器。

非常遗憾的是，当下中学生的阅读离现代经典作家的经典之作越来越远了。

这是不是意味着现代中学生不需要这样的阅读？显然不是！事实

是，21世纪的中国人依旧面临着从传统向现代转型的重要问题。从整体上看，今天中国人的民主意识与科学意识依旧十分淡薄，不少人的头脑中甚至还有相当浓厚的传统痼疾。这也构成了中国人现实的生存环境。因此，中学生阅读那些体现强烈时代精神、引领民族走向现代世界的现当代经典散文，就有着非常重要的意义。正是从这一宏大的主题出发，我们期待这套"著名中学师生推荐书系"在参与现代中国人的建设中，起到应有的作用。

鲁迅、胡适、林语堂、丰子恺、朱自清，当看到这一系列现代著名作家的名字时，我们的脑海中即刻浮现出一系列个性极其鲜明的现代中国人形象。鲁迅的沉重、深刻与灵魂拷问，胡适的轻巧、宽容与温情相待，林语堂的性灵、洒脱与幽默，丰子恺的从容、优雅与仁爱，朱自清的恬淡、淳厚与执着，每一位都有着极大的人格魅力，他们的思想与文采，他们的为人与为文，他们无论是作为现代作家，还是作为真正意义上的现代人，都值得21世纪的中国人去解读，并在解读中找到前进的最佳方式。我们更期待读者在这一系列作家作品的阅读中，集众人之"精气神"，把自己铸造成为崭新的现代人。

夏坚勇、梁衡、刘亮程、鲍尔吉·原野、李元洛、李汉荣，当看到这一系列当代作家的名字时，我们的脑海中也即刻浮现出一系列个性极其鲜明的当代中国人形象。他们的作品中表现出来的智慧人生、淳厚人生、诗性人生，都有着极大的感染力。他们作为当代散文创作的大家、名家，其作品都达到了我们这个时代的某种高度，因此值得人们去解读，并在解读中找到前行时必要的凭藉。

本书系此次出版的著作有：《何处望神州——夏坚勇散文精读》

《人人皆可为国王——梁衡散文精读》《遥远的村庄——刘亮程散文精读》《南方的河流——鲍尔吉·原野散文精读》《穿越唐诗宋词》《点亮灵魂的灯》。

黄荣华

目　录

师生推荐的 N 个理由

何处望神州，是具有忧患意识的文化人最深情的叩问；寻觅神州之魂，是具有文化使命感的作家的远大抱负。在这部散文集里，夏坚勇先生以一种阔大又精巧的手笔，从历史叩问、文人反思、古物随想三个纬度带领我们深入神州腹地，探寻神州精髓。

《何处望神州》没有局限在我们熟知的单一的时间线和空间线上，这里的历史被小小地归类，于是我们看到碰撞：《文章太守》里的苏轼、欧阳修、杜牧，《九品县尉》里的杜甫、白居易。各个限定的时空里发生的事在这里集聚，为后人留下惊鸿一瞥。

夏先生的用词，越琢磨越感慨其精准。无论是描写环境还是人物的心情，着手宏大还是细微把控，都有如自然之笔：一点一点晕染上去，铺出整个语境的底色来。同时，词语又可以在如此的语境之中极自然地生长，单把谁拿出来都感觉不到那样的美和意味。

寻觅神州之魂

复旦大学附属中学教师　王　丽

"神州高爽地，遐瞩靡不通。"神州，活在唐人激荡雄浑的视野里。

"独袖功名手，谁与复神州。"神州，活在宋人殷殷盼复的热望中。

在这片迷人的神州故土上，曾经发生过那么多惊心动魄的故事。斗转星移，今天依然生活在神州大地上的我们，提及"神州"二字却感到陌生，神州似乎只剩下一个遥远的轮廓、一个抽象的概念，神州之魂已渐渐变得面目模糊、不得其解。

这种模糊源自我们对神州历史的淡漠。神州之魂是熔铸在五千年的悠悠历史中的，不了解神州历史无以还原神州精髓。在"戏说""水煮"大行其道的今天，历史被轻易怀疑，崇高被肆意解构，一些历史虚无主义的言论甚嚣尘上。很难想象一个磨灭了历史的民族将如何自证。清代著名思想家龚自珍说："灭人之国，必先去其史。"一个没有历史的民族是脆弱的、不堪一击的，历史像一面镜子，映照着人们认知过去、对待自我的态度，那些曾经出现在神州大地上的人、事、物构成了我们存在的基础，那些不凡的举动、高贵的人格构成了我们民族的脊梁。回望神州，是为了寻回我们日益模糊的来路，使我们在浑噩的当下获得清醒与笃定。

这种模糊导致了我们文化人格的失落。荣格说，一切文化最终都沉淀为人格。世界上各个文化群落都有不同的人格范型，长养在神州大地上的中华文化，有着自己的独特的文化人格。回望神州，中华文化曾经有过至正至大的气魄，那时的文化人生存基座不大，却在努力开拓精神空间，为此不惜一次次挑战极限。他们临危不惧，勇猛刚毅；他们坚韧不屈，慷慨悲壮；他们君子交谊，千金一诺；他们抱朴守真，诗酒人生……他们的事迹千古传唱，他们的人格精神影响了一代又一代的中国人。慷慨的时代渐行渐远，如今的"小时代"不鼓励人们思考真正的大问题，上学、考试、就业、升迁、赚钱、结婚、买车、买房……所有的锐气都在如何过好个人的小日子里被消磨、被耗损。回望神州，是为了寻回我们正在失落的崇高，使我们在平庸的日常获得振作与超拔。

这种模糊造成了我们古典情韵的缺失。神州之魂在刚正的气魄中融汇了丰富的情韵，这种情韵封存在一片古色古香之中，等待我们去寻找、去发掘。在博物馆看到一把古剑，你是走马观花、匆匆一瞥，还是会驻足凝视，遥想古人弹剑而歌的情绪？在老城楼邂逅一块古匾，你是漫不经心、视而不见，还是会玩味那遒劲的笔法，对文字背后的人情故事、时代风云生出探访追踪的意念？在网络数字化时代，我们还能不能写一封书笺给自己最珍视的人，体会那一份别样的浪漫？在旅游商业化时代，我们还会不会对一块古碑痴望，涌起"江山留胜迹，我辈复登临"的感慨？回望神州，是为了寻回我们逐渐遗失的情怀，使我们在焦虑的现世获得灵性和诗意。

于是，何处望神州，就成了具有忧患意识的文化人最深情的叩问；于是，寻觅神州之魂，就成了具有文化使命感的作家的远大抱负。在这部散文集里，夏先生以一种阔大又精巧的手笔，从历史叩问、文人反思、古物随想三个纬度带领我们深入神州腹地，探寻神州精髓。

《何处望神州》对过往的历史进行了有见地的发现和寻找。在历史的跋涉中，作者取道秦汉、踏访唐宋、问津明清，仿佛从一条条"夹缝"厕身于历史的门扉，在一个个巧妙的角度获取"大景深"中的人和事。书中《寂寞的小石湾》《泗州钩沉》《童谣》等篇什，无论是直陈历史事件，还原故事场景，还是着意于历史人物的命运起伏，都呈现出鲜明而执着的文化探寻。站在苍茫的历史中，作者一路跋涉，一路思考。他发现"人们常常并不屈服于暴力，却不得不屈服于美"；他感叹"山河破碎，民族危亡，大人物能以气节自许，便相当难能可贵，而小人物则合当提着脑袋去冲杀"；他坦陈"和平其实是相对于战争状态而言的，它们互为背景、互为前提，又互为因果"……思想的吉光片羽，或许来自某个具体的历史人物或事件，但有着长远而广阔的启示意义。

人是历史的主导者，在众多的历史人物中，中国文人在神州的历史舞台上担当着耐人寻味的重要角色，《何处望神州》亦对文人这一群体有着特别的偏爱。书中对文章太守的甄别与铺展，对西汉两司马的褒扬与贬斥，对九品县尉、冷官的娓娓讲述，无不冷峻深刻而又妙趣横生，不仅还原了文人多舛的生命轨迹，更彰显了文人兀傲的精神品格。当然，评品历史人物，是为了加深对现实的认知，通过对文人生命轨迹的还原，启发读者去体会和思考，数千年文化基因的沉淀，中国文人身上令人动容的品质究竟是什么？他们又存在哪些性格弱点？以人为镜可以明得失，这些典型的人格范式对于现代人尤其是成长中的中学生来说，无疑有着揽镜自照、反躬自省的意义。

神州之事让人唏嘘，神州之人使人缅怀，神州之物可供玩味。古物是从历史长河中打捞出来的超出生命长度的感慨，是探寻存在与虚无、永恒与有限、成功与幻灭的入口。在大手笔的历史风云之外，书中不乏雅致隽永的怀旧短章，这些文化随想大都由一件古物所触发，充满着古典情韵和生活质感，它们代表着神州的温厚，是神州之魂不可缺失的部分。在紧张繁忙的学业之余，不妨跟随作者的指引，捧一瓣心香、写一行信笺，在古色古香中感受神州之魂的诗意与浪漫，寻回生命内在的莹润与饱满。

至此，我们可以回顾作者一开始提出的问题：何处望神州？

在历史的深邃处、在人格的高贵处、在文化的温厚处。我想，这便是作者想要为我们揭示的答案。

恨与梦、枷锁和自由

复旦大学附属中学学生　陈思颖

　　中国文人是一个十分特殊的存在，穿梭在名利场上的人不配被叫作文人，仅仅是读过书的人也不能撑起文人的名号。文人，这一个平常的名词在中国古代文化中有特殊的定义，他们在现实世界中开辟出一个新的世界，似乎和其他人的世界有所区别但又紧密相连，既有一种本质上的不同，但却暗藏着大关切、大悲悯。可以说，事事与平庸人间不同，但却事事紧贴着最平凡、最真实的烟火地面。在保持自我的自由和与世界和解的枷锁中挣扎，寻找一种巧妙的平衡，这之中有多少不甘的忿，有多少落空的梦，还有多少纾解不了的恨，都在历史的长河中激起一簇簇浪潮，引发一次次剧烈的响声。他们是组成中国历史的繁星，也是中国文化的交响乐之中最最坚实的一种声音，他们的光芒照亮了那些籍籍无名的人们，他们在矛盾中痛苦、在郁郁中寻找解脱，用最真挚的心灵来面对世界与世人。中国的文人拥有独属于自己这个群体，且在群体之间共同享有的哲学思想，以此开解自己，同时跨过时空给予千千万万个"他们"精神上的力量。这是中国文人的自觉，也是他们自救的途径。

说起来，文人大多是渺小的，他们中的少数也许可以多多少少地影响历史的进程，但大多数难以抵抗历史和时代的影响。生在最幸运的和最关键的地方的人不是他们，也绝没有什么"挥斥方遒"的机会。他们中的大部分都必须接受现实的摆布，都拥有一个永远不能实现的自我。中国的文人的重要特色在于，他们的身份不仅仅是文人，更是一名臣子。这两重身份之间的对立，导致了极其宏大的思想与较为卑微的处境所带来的自由与非自由之间的冲突，文学也在这之中受限。在大多数情况下，文人的拳脚是被束缚在枷锁之中的，这并非什么特殊的现象，而是一种普遍的存在，这是多数文人难以逃脱的宿命，每个人从出生开始都无时无刻不活在限制中，文字也是同等的命运。这就导致中国古代文化有一丝"功利"的色彩。文人们士人的身份也决定了文学有一层最基本的功用，就是阐述某些政治目的。这样的现象给中国古代文化带来了一种特征就是严肃性。诗词歌赋大多出自有名有姓、有头有脸的人物，话语权集中在特定阶层，所表达的基底大多数是什么道理、什么规劝，甚至于缺少一些真实而形象的哭声。这一部分的文化可以说是沉默的、克制的，会诉苦，但是绝对不会有苦痛的哀嚎。而那些小说、话本和歌谣之类的文化，则被冠以并不重要的名声，"美"的定义在中国古典文化中似乎是比较次要且比较模糊的，这是中国文人的多重身份和特征所带来的一个令人叹息的地方。

　　中国文人是中国文化所流传下来的中国式哲学的最好范本。正因为个人是渺小的、易于受到影响的，中国文人在时代中的苦苦挣扎展现出了不同的困境，又共同构成了这个群体的一副备受摧残又始终如一的坚毅面容。是卑躬屈膝、溜须拍马，还是坚持自己的想法宁为玉碎，这样的选择几乎是每一个中国文人一定会经历的事情。即使是在最最开明的盛世，也逃脱不了挫折与困顿。既要听到平凡人的声音，又要揣摩位高者的想法，这样的矛盾永远不是书上的几句圣人之言可以解决的，需要文人们自己从中悟出道理，然后再好好地告诉后来者。他们跨过时间的限制，互相给予启示。能够联系古今的一道牵绊，就是他们自己心中的那一份坚守和坚守背后的自由，达到了通达的"道"之后，那些枷锁就被剥落，留下的就是任意的自由，比如坚持守节而死的南明旧臣。不论是生还是死，不论是刚直还是圆融，他们都已经在自己心中找到了答案，在底线之上自在地享受属于自己的独一份自由。在这份自由的背后，就是他们为自己背上的责任，是他们为自己刻下的疤痕，让世界的一切都与自己有关，将自己从圣人的话里学到的东西放在心里。中国的文人始终活在给自己上枷锁并自己寻找解脱的过程中，每个人交出一份不同的答卷，但他们的主旨却惊人地一致。

人们总爱形容历史如同车轮，不顾一切地滚过万事万物，文人和文人的名字被磨灭得所剩无几，有的漫灭在历史当中已经看不见踪影；留在我们身边的，既是历史的选择，也是文明发展到现在必须留下的底色。他们告诉我们这些活在当下的人，仍然有东西值得去坚守，因为群星曾经存在过。他们告诉我们：在恨中寻找爱，在枷锁背后寻找自由。

穿林打叶声

复旦大学附属中学学生　董凝希

"莫听穿林打叶声，何妨吟啸且徐行。"中国历史不是单薄片面的，它是一个螺旋化进展的过程，是荣耀与黄金、宝剑与鲜血、诗意与落魄构建的纪念碑。《何处望神州》从不同角度入手：《泗州钩沉》《童谣》《战争赋》等，让我听到洪水滔天巨浪翻滚，战争的纵横交错；也让我感到缓行于石板路上的片刻宁静，秋风送来"的的确"的童谣；还让我看到和平的光辉在战争中挣扎，从而创造出美。

与任何其他写史的书籍不同，《何处望神州》没有局限在我们熟知的直角坐标系——单一的时间线和空间线上，而是开拓了自己的定位。这里的历史被小小地归类，于是我们看到碰撞：《文章太守》里的苏轼、欧阳修、杜牧，《九品县尉》里的杜甫、白居易。各个限定的时空里发生的事在这里集聚，为后人留下惊鸿一瞥。它创造了一种可能性：在这里历史不是不断推进的顺滑的函数曲线，而是一个个的点——一段段嵌着相似点而又绝不完全相同的、前人与后人交替踩下的足迹。

另一最大不同是作者对美的追求，绝不仅仅是在文章中夹杂一星半点的环境描写就能达到的。那是蕴藏在文章深处的，从心里表现出来的深厚的美。从而《何处望神州》转换不同角度看待历史的过程，也是从不同角度中发现美的过程——

诗意情怀之美固然是有的。淮河恬静，泗州升平；"楼船夜雪瓜洲渡，铁马秋风大散关"；"杭州本来就是一首诗"……中国地大物博，在历史的真空中，一切壮丽或温柔的美景都能疾驰而入，化作今人眼中的一道光，这些美景中蕴含着强劲的历史张力。作者并没有停在这里，而是发散出了美的另一主题：悲剧之美。

米兰·昆德拉在《不能承受的生命之轻》中写波兰的历史和个人的命运比纸还薄，轻如鸿毛，但是这句话不能放在中国的大背景下讲。用作者的话讲，"中国的事情太多，没有统一的公式。"中国的历史无疑是矛盾波折而螺旋化上升的，其中的每一个卡顿转折都充盈着悲剧。悲剧之美来自悲剧本身：星月惨淡万籁俱寂，天地间有如铺展着一块巨大的尸布，裹挟着无边的死亡，我们悄悄走向历史的深处，走向远古的诗情。悲剧本身之美在于它那如贝多芬的"es muss sein"（德语，意为"非如此不可"）般，非如此不可的直线性。历史重于泰山亦轻如鸿毛，一根丝线上悬着历史的巨石。正因为历史的脆弱与不可重复，有些遗迹是我们终究看不到的，消失在今人潇洒的步伐中。所以它们留在地下，"给我们留下一点疏离感和关于悲剧美的思考"。

悲剧之美也来自于悲剧背景下的人格之美。对于泗州一瞬间的毁灭，天倾地陷的瞬间，"生离死别、崇高卑劣、人性兽性都凸显无疑。"处在悲剧下的人们，处于主观能动性的拼搏都是美的。这拼搏中有力量、精神，交织着"不屈不挠和无可奈何的心理沉淀。"人类的用其生命为武器的抗争是一幕明知不可为而为之的悲剧演出，天为幕，地为台，决绝中带出的力量就是美。

作者在《战争赋》中从另一视角展现了战争的美。仅从人道主义的角度，我无法审出战争的美，但作者无疑为我们提供了另一视角。首先是亚历山大对战争的升华，战争，超越了狭隘的政治、军事和经济目的，而体现出一种穷究世界的探索精神。然后便是战争与和平——永远纠缠的两个对立面。作者站在战争和平的分界线上谈论美。战争的魅力在于人们对和平的无法忍受，在于战争的宣泄功能。"对于和平的无法忍受"，乍一听是令人咂舌的，在这里作者换位思考将爱情和战争巧妙地联系在了一起。"没有战争就无所谓和平，就像没有争吵就无所谓爱情。"爱情和战争无限相似，而战争甚至包含爱情。爱情是把关闭的心扉重新打开，在这一片真空中，"让所有的怨念、呼唤、关注还有熊熊燃烧的炉火都喧嚣而入"。情感世界里的征服和反征服、试探、迂回、相持、攻坚、欲擒故纵、积极防御、有节制的退却，这些战争的用语在这里都同样适用。爱情的纠缠最中间必定是一块安宁恬静的地方，就如同战争要达到的最核心是和平。而战争呢？作者写战争是"和峻岭惊涛、狂野荒原、长风豪雨联系在一起，和生死爱恨这些千古不朽的人生大命题联系在一起，和人们铭心刻骨的痛苦、欢乐、期待、创造联系在一起。"那么便可知，战争的矛盾中也隐含了爱情的矛盾。

另一最大的共同点是偶然性。爱情与战争都基于偶然。作者写偶然性写得实在太好了，它是"欢乐、悔悟、悲哀和惆怅一次性定格的瞬间机缘"，它是"一道猝然闯入的黑色闪电"，它是历史的一瞬间颤抖，"有如巨人不经意的趔趄或喷嚏，再庄严地定格。"从而战争拥有朦胧诗的意蕴。这让我想到布拉格事变下的米兰昆德拉，塑造托马斯和特蕾莎的爱情时他这样写特蕾莎："她，是6次偶然性的结果，是主任坐骨神经痛生成的花朵。正是这6次偶然，把她推到了他身边。"偶然性是小鸟一齐落在圣方济各的肩头，偶然背后的必然性也是美的。

　　还让我非常喜欢的一篇是《童谣》。孩童代表着忘却与天真，是一个新的开端、一个游戏，是自我旋转的命轮，一种最原始的生命状态，一种最伟大的肯定。历史太过宏大，而我们常常忘记历史的普遍和普通。在历史中看到孩子的身影是一个惊喜也是一抹亮色。广泛流传的童谣多半带有政治色彩，而对于千千万万个孩童来说，一切都只是最顺口的歌曲而已。孩童的天真与烂漫是历史周而复始一环中的开端，我恰恰喜欢这样的朝气。

　　阅读这本书是在历史中行走与跳跃的过程。而在历史的途中我听到了穿林打叶声，无论是关于和平或是战争。我想面对这样的穿林打叶声应当是无畏也无惧的，这声音中是有节奏的美的历程。

文字的力量

复旦大学附属中学学生　陆之奕

读一本书，尤其是好书，当以虔诚还是随意的态度？读《何处望神州》最好的状态，也许就是《文章太守》一篇中夏先生描述欧阳修老去的状态——"以静观平和的心态去反思，当会悟出好多人生意味的"。回望时光轴，一个个或伟岸或匍匐的人物，他们身上的精神气，立在脚下的这片神州之上，是千年不倒，千年不朽的。厚重的史书拖滞我们的步伐，那不妨就从《何处望神州》读起来，心脉肺腑也足以被打开，渗入一些醇永，以振奋，以滋养，以自省。

从编录结构而言来说，篇章与篇章之间并不是以串联情节、时代过渡的形式呈现，倒别有一番"任君采撷"的自信。读起来并不觉得太吃力，只会愈来愈陷入其中。夏先生的用词，有心领神会之美，越琢磨越感慨其精准。无论是描写环境还是人物的心情，着手宏大还是细微把控，都有如自然之笔：一点一点晕染上去，铺出整个语境的底色来。同时，词语又可以在如此的语境之中极自然地生长，单把谁拿出来都感觉不到那样的美和意味。

无论读者把《何处望神州》中的哪一个人物视为自己的哈姆

雷特，都能体会到人物的立体，而非生硬植入。《春秋》一字寓褒贬的微言精义，于细节处将人物形象、时代背景塑造得入木三分；而现代汉语对如此简练表达不再作过多要求，于是环境描写、侧面衬托处便能将匠心凸显。

写泗州洪水后的死寂，夏先生这样说："灾区的夜晚，静得让人恐怖，连狗得吠叫也绝迹了，星月惨淡，万籁俱寂，天地间有如铺展着一块巨大的尸布，裹挟着无边得死亡。""尸布""裹挟"下的天上星，亮得凄惨，而墙角跟也逐渐被水泡烂出腐臭气味；"左派幼稚病"直言不讳地指出激烈偏颇到以死要挟背后不让人怜爱的刻板愚蠢，"职业性的奴颜和婢膝"讽刺了太多太多人，但是，作为"长风烈火"的司马迁的对立面，又是再合适不过了。

文化散文集是有启蒙性质的。有的作者关注了历代文人留下的脚印，由土地自下而上地过渡到个体。而夏先生是更为直接的，他以神州为题，聚焦土地与人之间的亲缘：他们是怎样相互作用，相互支撑。中国人、外国人，士人、武将，女子、小人……有些声名赫赫，有些鲜为人知，作者笔下的人性的具有张力、感染力，让读者怜，让读者恨，让读者仰慕，甚至想成为。

夏先生写到最多的人，便是古代文人——读书人。他们做官，做诗，做文章。一个文人在对自己的前辈评价之时，割舍不掉自己身上的一脉相承。这些占了很大篇幅的文字里，温度是不同的。虽然试图达到一种无波澜的客观，但这样的无法割舍更能打动读者的心。

不得不提的还有《战争赋》一文。初见时略感突兀，但是读下去，是有意思的。纵观全书能看出作者认识的变化。如果《战争赋》写在作者青年时代，那会是一个青年人极高远的抱负和天生的英雄视角；而若写于沉稳的中年，则足以佐证"老夫聊发少年狂"一句。作者将战争视为一种棋逢对手、酒逢知己的艺术，由将领的角度出发，不看金戈铁马的厮杀，而是关注决胜于千里之外的运筹帷幄。字里行间有喷涌出的激动，写作时脊背上覆着薄薄一层汗，这是在大格局之下，对美、对理想化的精彩的渴求。如果对篇幅有所限制，是写不出这样好的东西来的。文字有力量，就在于它自由。一笔一划掷在纸上，作者有大珠小珠落玉盘的轻盈，而读者则有"铁马冰河入梦来"的博弈。不求苟同，也不盲目应允，双方都无法更快乐。"因为对方的分量就是自己的标高，而自己的存在又恰恰体现了对方的价值。"

　　"秋风渭水，落叶长安。"信语中，尽是萧瑟的浪漫。好的文人都浪漫——汉武帝浪漫，屈原浪漫，李白也浪漫。浪漫不必评高下，也只有自己懂得，但是却愿意留下无数空间给后人去想象，去憧憬，去赞叹，可见浪漫是多么值得骄傲的事情。然而，浪漫都是夹杂些凄楚的。辛弃疾说，"何处望神州？""千古兴亡多少事？悠悠，不见长江滚滚流"。兴亡也浪漫，它不定、荡漾。有战争，有冤屈，有颠沛流离，有安得广厦，但依然浪漫。不单单从"未知"这一美学角度评判，而是着眼于兴亡更迭中的生命闪烁着无与伦比的柔光。不用史书歌功颂德式的标榜，人性里的浪漫亘古相通。

"这是一种苍凉和残缺之美,它指向一种超越时空的艺术至境。这里有诀别,有固执,有从容和宁静,有岁月的残梦和历史的泪痕。"

　　感谢夏先生的文字,以"何处望神州"的俯视胸怀,让我得以看见,"该朽的与草木同朽,不朽的与岁月共存"。

第一单元　历史叩问

　　有人说，历史是任人打扮的小姑娘。因为一切历史都是当代史，历史的真相永远封存在时空的幽深处。

　　可是历史毕竟不是虚无的啊！美丽与丑陋，善良与邪恶，高贵与卑琐，毕竟是不能混淆的啊！即使那些人物逝去，消失得无影无踪；那些事迹却依然存在，就像天上的银河那样洁白分明。

　　也许我们无法真正还原历史，却依然需要尽可能去追寻历史、接近历史。

　　拨开历史的迷雾，这一单元告诉你，历史的真相可能掩埋在一篇小传里、一册方志内、一首童谣中。

寂寞的小石湾

一

前些时我看到一份资料，说抗清英雄阎应元墓在江阴小石湾。

我一直认为，如果要在明末清初的铁血舞台上推举出几个慷慨赴死的大忠臣，大凡有点历史知识的都能随口说出几个来；但如果要推举的是集忠臣良将于一身的人物，恐怕就不那么容易了，而阎应元便可以算是一个。偏偏历史对他一直啬得很，虽然中华英烈灿若繁星，这位小小的典史却一直只能出现在江阴的地方志上。这种遗之青史的不公平，常使我扼腕叹息。

世界上不公平的事太多了，叹息也没用，且到小石湾找阎典史去。

小石湾依偎在要塞古炮台下。在这个升平年头，又正值落日黄昏，一切都寂寞在夕阳的余辉里。衰草寒烟中，坟堆倒有不少，而且大多修葺得很讲究，但细细找过去，那些"先考""先妣"皆名讳凿凿，始终没有发现一块属于"典史阎公"的小石碑。问一位搞文物的老先生，他说，当年阎应元不屈被杀之后，一位乡民把他从死人堆中背出来，偷偷葬在这里。兵荒马乱，又加月黑风高，自然没有留下标记，到底是哪座坟，搞不清了。

我无言，说不清心里是一种什么滋味。

二

一个小小的典史，按今天的说法，最多不过相当于一名正科级的县公安局长。在那个民族危亡之秋，率义民拒24万清军于城下，孤城碧血81天，使清军铁骑连折3王18将，死75 000余人。城破之日，义民无一降者，百姓幸存者仅老幼53口。如此石破天惊的壮举，在黯淡而柔靡的晚明夕照图中，无疑是最富于力度和光彩的一笔。

然而，江阴城沸沸扬扬的鲜血和呐喊，在史家笔下却消融得了无痕迹，洋洋大观的《明史》和《清史稿》对此竟不著一字。倒是有一个在江苏巡抚宋荦门下当幕僚的小文人，于清苦寂寥中，推开遵命为主人编选的《诗钞》，洋洋洒洒地写下了一篇《阎典史记》。他叫邵长蘅，江苏

战骨埋于野，英雄无觅处，使人感伤。

一连串数字的对比，直观地呈现了战争的惨烈，更凸显了典史阎公的胆魄、忠毅、智谋及人格感召力。

"正史"对这个坚守江阴县城的小吏不屑一顾，幸有遭际相仿的底层文人怀着一份仰慕、相惜之情为后世留下了珍贵的历史记忆。

武进人氏，武进是江阴的近邻。阎应元率众抗清时，邵长蘅大概 10 岁，因此，他的记载应该是史笔。

"当是时，守土吏或降或走，或闭门旅拒，攻之辄拔；速者功在漏刻，迟不过旬日，自京口以南，一月间下名城大县以百计。"这是邵长蘅为江阴守城战勾勒的一幅相当冷峻亦相当低调的背景图。大局的糜烂，已经到了无可收拾的地步。那种望风而降的景观，恐怕只有借用历史上一个巴蜀女人的两句诗才能形容：

一首小诗鲜活地记录了百姓的历史情绪。

十四万人齐解甲，
更无一个是男儿。

川人嗜辣，诗也辣得呛人，这个女人也是在亡国之后发出如许诅咒的。是的，腐朽的南明小朝廷已经没有一点雄性的阳刚之气了。

但史可法呢？这位鼎鼎大名的"忠烈公"，难道还不算奇男子、伟丈夫？

我们就来说说这位史忠烈公。

与前文江阴孤城碧血 81 天的壮烈形成对比，引人探寻这其中幽闭的历史真相。

就在江阴守城战两个多月前，史可法以大学士领兵部尚书衔督师扬州，与清军铁骑只周旋了数日便土崩瓦解。史可法固然以慷慨尽忠的民族气节而名垂千古，但十万大军何以一触即溃，当史阁部走向刑场时，难道不应该带着几许迷惘，几许愧赧吗？

给史可法立传的全祖望比邵长蘅的名气可要大得多，这位在清乾隆年间因文字狱获罪，又幸而免死的大学者，也确是文章高手。"顺治二年乙酉四月，江都（即扬州）围急，督师史忠烈公知势不可为……"《梅花岭记》一开始，作者就把文势张扬得疾风骤雨一般，让史可法在危如累卵的情势中凛然登场。

"势不可为"是客观现实。正如后来"史公墓"前抱柱楹联的上联所述："时局类残棋杨柳城边悬落日。"当时福王朱由崧昏聩荒淫，权奸马士英、阮大铖把持朝政，"文官三只手，武官四只脚"，上上下下都在肆意作践着风雨飘摇的大明江山。骁勇强悍的八旗大军挟带着大漠雄风，一路势如破竹，直薄扬州城下，而南明的各镇兵马又不听史可法调度。从军事上讲，孤城扬州很难有所作为。

史可法登场了。他的第一个亮相不是在督师行辕里谋划军事，也不是在堞楼城壕边部署战守，而是召集诸将，安排自己的后事。他希望有一个人在最后帮助他完成大节，也就是把他杀死，副如果说阎应元的殉难是悲壮，史可法的落幕则是悲戚。阎应元的江阴抗战像极了项羽东城突围，激荡、神勇，痛快地杀，痛快地死。史可法的扬州殉难则弥漫着隋炀帝般的末世颓情，未战已衰，周身萦绕着停滞、妥协和身不由己的悲哀。

知识在给予的同时，也在剥夺。知识分子对儒家杀身成仁、名垂青史的教义太向往、太迷醉了，反而成了束缚，破坏了生命里那种粗陋却鲜活的原生态，无法再那样元气沛然。这或许就是知识分子的"软肋"。

将史德威"慨然任之"，史可法当即认为义子。又上书福王表明自己"与城为殉"的心迹，并当众再三朗读奏章，涕泪满面，部将无不为之动容。最后遗言母亲与妻子："吾死，当葬于太祖高皇帝之侧；或其不能，则梅花岭可也。"

这就是说，仗还没有打，自己就先想着怎么个死法，如何全节。这如果是作为激励将士拼死决战的手段，本也无可非议，中国战争史上诸如破釜沉舟或抬着棺材上阵的先例都是很有光彩的。但史可法留下的只是无可奈何的庄严。兵临城下，将至壕边，他想得更多的不是怎样把仗打好，而是如何完成自己最后的造型。当年隋炀帝在扬州揽镜自叹："好头颈，谁当斫之！"那是末日暴君的悲哀。而史可法是统率十万大军的督师辅臣，不管怎么说，十万人手里拿的并非烧火棍，即使"势不可为"，也要张飞杀岳飞，杀个满天飞。说一句大白话：打不过，也要吓他一跳；再说一句大白话：临死找个垫背的，杀一个够本，杀两个赚一个。

可惜史可法不会说这些粗陋的大白话，他太知书识礼，也太珍惜忠臣烈士的光环，他那种对千秋名节纯理性的憧憬，在很大程度上影响了他对眼前刀兵之争的创造性谋划。可以想象，统帅部的悲观情绪将如何软化着十万大军的脊梁。这支本已惶惶如惊弓之鸟的御林军，无疑将更加沉重地笼罩在一片失败的阴影之中。

到了这种地步，战争的结局只是个仪式问题了。

仪式或迟或早总要走过场的，接下来是清兵攻城，几乎一蹴而就，史称的所谓"扬州十日"，其实真正的攻守战只有一天。史可法既没有把敌人"吓一跳"，也没有能"临死找个垫背的"，古城扬州的尸山血海，不是由于惨烈的两军决斗，而是由于八旗将士野蛮而潇洒的杀人表演。弄到后来，连史可法本人苦心安排的全节，也得靠敌人来成全他，"二十五日，城陷，忠烈拔刀自裁，诸将果争前抱持之，忠烈大呼德威，德威流涕不能执刀"。终于被俘。清豫王多铎劝降不成，冷笑道："既为忠臣，当杀之，以全其节。"史可法遂死。

平心而论，史可法不是军事家，这位崇祯元年的进士，其实只是个文弱的儒生。儒家历来信奉的是"修、齐、治、平"之道，这中间，"修身"是第一位的。史可法个人的品德修养毋庸置疑，一个颇有说服力的例证是，他年过 40 而无子，妻子劝他纳妾，可法叹息道："王事方殷，敢为儿女计乎?"终于不纳。这样洁身自好的君子,在那个时代的士大夫中相当难能可贵。若是太平岁月,让这样的人经纶国事自然没有问题,但偏偏他又生逢乱世,要让他去督师征伐,这就有点勉为其难了。在浩浩狼烟和刀光铁血面前,他那点孱弱的文化人格只能归结于灭寂和苍凉,归结于一场酸楚的祭奠和无可奈何的悲剧性体验。

在这里,我得说到一桩政治文化史上的轶闻。就在清军兵临扬州城下的几个月前,清摄政王多尔衮曾致书史可法劝降,史可法有一封回信。这封海内争传的《复多尔衮书》,雄文劲彩,写得相当漂亮,今天我们捧读时,仍旧会感到那种澎湃涌动的凛然正气。可以想见,当初作者在起草回信时,必定是相当投入的。那大抵是一个夜晚——"二十四桥明月夜,玉人何处教吹箫",这样的境界自然是没说的,多少文人曾把扬州的月色涂抹成传世佳句;或细雨凄迷,间离了尘世的喧嚣,将督师行辕浸润在宁定和寂寥之中,这也是写文章的理想氛围。当然,远处的城楼上会不时传来军士巡夜的刁斗声;而在北方的驿道上,快马正传送着十万火急的塘报,那急遽的马蹄声不仅使夜色惊悸不安,也足以使一个末日的

我们常说时势造英雄,其实时势也鉴英雄,这也再一次证明像阎应元那样集忠臣良将于一身的人物是多么高贵和伟岸。

王朝瑟瑟颤抖。但这些并不重要，重要的是一篇文章。此刻，史可法的文化人格挥洒得淋漓尽致。吟读之余，他或许会想到历史上的一些事情，古往今来的不少好文章都是两军决战前"羽檄交驰"的产物。首先是那位叫陈琳的扬州人，他替袁绍起草的《讨曹操檄》使曹操出了一身冷汗，久治无效的头风也因此大愈。丘迟致陈伯之的劝降书写得那样文采瑰丽，把政治诱导和山水人情交融得那样得体，"暮春三月，江南草长，杂花生树，群莺乱飞"，谁能相信这样清新明丽的句子会出现在冰冷的劝降书中呢？"初唐四杰"之一的骆宾王更不愧是大才子，他的那篇《讨武曌檄》，连被骂的武则天看了也拍案叫绝，惊叹不已。这些千古佳话，史可法此刻大概不会不想到，因此，他很看重这篇署名文章。事实上，就凭这一篇《复多尔衮书》，后人就完全有理由认定他是一位文章高手，而忘却他是南明弘光朝的兵部尚书、节制江北四镇的督师辅臣。

说史可法很看重这篇文章，还有一个颇有意思的旁证。据说史可法对自己的书法不甚满意，便四处征求书家高手执笔誊写。当时，书法家韩默正好在扬州，便到军门应召。关于韩默其人，我知道得很少，但从史可法对他的赏

沙场并不是知识分子的舞台，正如鲁迅先生把文章比作匕首、投枪，知识分子的力量通常以文章的形式来体现。

将历史上因两军交战而产生的著名"文章匕首"信手拈来，读来畅快淋漓。同时也生动地还原了史可法写作《复多尔衮书》时可能的内心活动。

这里的情景还原，充满了作者对一个文弱儒生在兵临城下之时仍然要完成自己最后的造型的嘲讽。

识来看，大概档次是不低的。韩默笔走龙蛇时，史可法和诸将都在一旁观摩，只见那素笺上气韵飞动，从头到尾一笔不苟，虽微小到一点一画，也不离"二王"的笔法。书毕，史可法赞赏再三，这才令快马送出。

今天我们很难猜测史可法站在督师行辕的台阶上，目送快马远去时的心态。对国事的惆怅？对明王朝的孤忠？对江北四镇防务的忧虑？实在说不准。但有一点大概是可以肯定的，即对刚刚发出的这封复书的几许得意。中国的文化人总是把文章的力量夸张到十分了得，似乎一篇檄文就可以让人家退避三舍，最典型的莫过于李白表演的"醉草吓蛮书"，凭半壶水的洋文便震慑住了觊觎唐帝国版图的番邦。《西厢记》的作者王实甫说："笔尖儿敢横扫五千人"，牛皮吹得还不算大。诗圣杜甫就有点过分了："笔落惊风雨，诗成泣鬼神"，一枝舞文弄墨的纤纤之笔，简直有如上帝的魔杖。既然文章有这样无所不能的造化之功，人们便生生世世地重视考究起来，斟酌推敲起来，咬文嚼字起来，好像一字一词的差异，就真能演化出天壤之别的大结局来。北宋末年，靖康城陷议和，赵恒（钦宗）递降表，文中有"上皇负罪以播迁，微臣捐躯而听命"之句，金将粘罕不满意，要求易"负罪"二字为"失德"。讨价还价不得，战败者只好屈从。其实，"负罪"也罢，"失德"也罢，都改变不了战场上的事实。不久，赵恒父子全被敌人掳去，算是给用字之争下了一道注脚。

史可法给多尔衮复书大约是在弘光甲申秋月，半年以后，清兵大举南下，扬州城破。

三

扯远了，还是回到江阴小石湾。

江阴和扬州完全是两种格调，两种情韵。这里没有扬州那么多的诗文书画和歌吹入云的绮丽风华。扬州是历史文化的渊薮，是令帝王、文士、妓女们销魂的舞榭歌台。只要是个稍微有点头脸的人到了扬州，便总要弄出点风流韵事来，舍此似乎对不起这里的清风明月。所谓"十年一觉扬州梦，赢得青楼薄幸名"，其中并没有半点忏悔的意味，十足是一种洋洋自得的炫耀。而江阴只是一座要塞，一片驰马冲杀的战场，战事多了，自然便无暇去吟风弄月。即使像王安石这样的大家站在这里，也只能挤出几句干巴巴的"黄田港口水如天"。这样的句子，应该说是相当蹩脚的。大词人辛弃疾在江阴做过签判，但令人遗

通过对历史上各种文人轶事、诗词俚语的钩沉，建立对江阴、扬州两座城市不同的文化品格的确认，为"江阴强盗"阎应元的诞生作文化铺垫。

憾的是，洋洋大观的《稼轩词》中，却没有一句是与江阴有关的。要看长江，他宁愿跑到京口北固亭去慨叹："千古兴亡多少事，悠悠，不尽长江滚滚流"；要排遣胸中块垒，他宁愿登上建康赏心亭"把吴钩看了，栏杆拍遍"。你说怪不怪？在文人眼中，江阴显得有点尴尬。这里的码头太小，豪放派往往来不及把这里的喧天激浪梳理成诗句，便匆匆解缆离去；婉约派又嫌它兵气太足，冲淡了风月情怀。江南一带从来就有"江阴强盗无锡贼"的说法，这里所谓的"强盗"，是指一种心理品性和地域性格，就正如扬州多的是书肆和船娘一样，江阴多的是炮台和壮汉，这里民风强悍，连方言也"冲"得很，全不像典型的吴侬软语那样奶油气。

我们就来看看这个"江阴强盗"阎应元。

阎应元是个粗人，他没有科举功名，在那个时代，这意味着在官场上很难有所作为。严格地说，他担任的那个典史算不上官，只能称为"吏"。在此之前，他还担任过京仓大使，这是个管理仓库的小吏。管理仓库至少需要两方面的素质，一要有武艺，施保卫之职；二要有协调统筹能力。我们在以后的江阴守城战中将会看到，阎应元如何把这两种素质发挥得淋漓尽致。

大英雄在"基层"也有着优秀的业务能力，同时，"基层"也是大英雄的练兵场。

顺治二年七月初九夜间，阎应元在潇潇细雨中悄然进入江阴东门，直奔孔庙大成殿后面的明伦堂，主持守城军务。从这个时刻开始，他就把自己和全城6万多人放到了一座巨大的悲剧祭坛上，他们将用自己喷涌的热血和强悍的生命作为牺牲，去祭奠那生生不息、怆然傲岸的民族精神。

江阴举事之初，阎应元已经离任，奉老母避居华士砂山，他是在战事开始一段时间以后，应义民之邀入城的。据说，在从华士赴江阴途中，他曾题诗于东门七里庙之壁，情辞慷慨，有易水悲音。300多年以后，一个文化人发思古之幽情，沿着当初阎应元入城的路线从砂山出发，一路寻寻觅觅，力图找到当年那座七里庙的遗迹，却一无所获。他终于领悟到，自己的举动实在无异于刻舟求剑，所谓寺壁题诗很可能是后人的假托或杜撰。阎应元一介武夫，有没有那种寄志抒怀的雅兴，很值得怀疑。况且当时军情火急，城外到处是清军营寨，即便有雅兴也未必能尽情挥洒。中国人历来有一种根深蒂固的文化崇拜，他们心目中的英雄总应该有点儒将风度，起码也要能"上马击狂胡，下马草军书"，最高典范自然是那个在灯下披着战袍读《春秋》的关云长。因

英雄事迹加以文辞点染，更易演绎为佳话，这是民间对于英雄人物的诗意想象。

陆游的这句诗对于人们心中文武双全的儒将风度作了最好的注解。

此，即使是目不识丁的村夫丘八，一旦留之青史，后人总要给他凑上几句打油诗，以显出几分文采风流的人格气韵。你看我们的阎典史从容地辗转于敌营之中，还能在寺壁上题上几句豪言壮语，实在够潇洒的了。但问题是，阎应元恐怕没有那样的情致，此刻，他根本没功夫去憧憬青史留名之类，而只会想着如何提着脑袋去冲杀。因此，只能辜负七里庙的那堵墙壁和后人为他附会的那几句绝妙好辞了。

今天我们读着《阎典史记》时，不得不惊叹阎应元那卓越的军事天才，可惜历史只给他提供了这么一块小小的舞台。任何英雄都离不开造就自己的那块舞台，如果没有奥斯特里茨那个惊心动魄的夜晚，拿破仑最终可能只是法兰西历史上一个黯然无光的过客。同时，多少天才却由于没有自己的舞台而默默无闻，被深深湮没在风干的青史之中。历史学家从来就是一群浅薄而势利的观众，他们喜欢看热闹，他们的目光只盯着舞台上线条粗犷的动作，而对所有的潜台词不屑一顾。是的，阎应元脚下的这块舞台太蹩窄了，"螺蛳壳里做道场"，连闪展腾挪的余地也没有。弹丸之地的江阴城，一场力量悬殊、根本无法打赢的战争，悲剧性的结局是无可逆转的。但有时

功业的实现不仅仅靠主观的力量，还有时势、命运等外部因素。知其不可为而为之的气魄、胆略，让阎应元的牺牲带有一种命运悲剧的意味。

候结局并不重要，重要的是走向结局的过程。阎应元的天才就在于他把自己仅有的一点力量恣肆张扬地发挥到了极致，多少抗争和呐喊，多少谋略和鲜血，多少英雄泪和儿女情，把走向结局的每一步都演绎得奇诡辉煌，令人心旌摇动而又不可思议。这样，当最后的结局降临时，轰然坍塌的只是断垣残壁的江阴城楼，而傲然立起的则是一尊悲剧英雄的雕像。

作为有清一代著名的诗人和史学家，赵翼是个相当苛刻的人，有时甚至相当狂妄。他对大名鼎鼎的李白、杜甫也不以为然，"李杜诗篇万口传，至今已觉不新鲜，江山代有才人出，各领风骚数百年"，口气中大有取而代之的意思。但他站在阎应元的画像面前却不得不肃然起敬，他的那首《题阎典史祠》，把阎应元放在那个时代的大背景中，和明季的诸多忠臣义士、叛官降将进行对比，发出了"何哉节烈奇男子，乃出区区一典史"的慨叹，应该说是很有见地的。一场本来是一边倒的战争，却悲壮惨烈地进行了81天，孤城困守，6万义民面对24万清兵，并且让对方付出了75 000人的代价，这在中外战争史上可以算得上一个奇迹。三十六计中能用上的计谋，差不多都用上了，诈降、偷营、火攻、钉炮眼、草

如此悬殊的军事对抗，统帅阎应元是如何支撑下来的？这需要的绝不只是视死如归的勇气，还得有无穷的智谋，而面对大军压境、兵临城下的危机形势，这是何等冷峻沉着的心态才能有的反应。

人借箭、装神弄鬼、小股出击、登陴楚歌，无所不用其极，无不闪烁着创造性的光芒。最壮烈的莫过于派白发耆老出城假投降，把火药暗藏在放银子的木桶底层，等清军升帐纳降时，火发炮裂，当场炸死清军3 000余人，其中有亲王一、上将二，清军为之三军挂孝。与此同时，江阴城头也响起了悲怆的炮声，那是在为慷慨赴死的乡贤耆老们致哀……

至此，我们也许会生出这样的设想：如果让阎应元站在扬州的城堞上……

可惜历史是不能假设的。

赵翼的诗中还有这样两句："明季虽多殉节臣，乙酉之变殊少人。"按理说，"扬州十日"当是"乙酉之变"中最重大的事件，有壮烈殉国的大忠臣史可法在那儿，这"殊少人"就有点令人费解了。赵翼在对阎应元由衷赞赏的同时，有没有对史可法不以为然的意思呢？

这就很难说了。

四

同是与城为殉的南明英烈，史可法死后封忠烈公，名垂青史，扬州广储门外的梅花岭更是成了历代仁人志士朝觐的圣坛，而阎应元的光芒却

一种英雄品格对应一种地域性格，阎应元注定属于民风强悍，多炮台、壮汉的江阴，在风月情浓的扬州，他未必更有可为。

要黯淡得多。这种死后哀荣的差距，是很值得我们深思的。其实也无需深思，归根结底，恐怕还是两人生前的地位使然。史可法是南明弘光朝的兵部尚书，而阎应元只是一个小小的典史。山河破碎，民族危亡，大人物能以气节自许，便相当难能可贵，而小人物则合当提着脑袋去冲杀。

《论语》言"名不正，则言不顺；言不顺，则事不成"，大人物在其位、有其名，受到更多关注与期许，其言行有更强的感染力。

阎应元站在江阴城头上回答清将刘良佐的劝降时，有一句地道的大白话："自古有降将军，无降典史。"阎应元是个粗人，他不会故作惊人之语，但这句大白话却石破天惊地撩开了历史的面纱：太平盛世，天下是达官贵人的天下，可到了国将不国的时候，天下便成老百姓的了。达官贵人一般都放达得很，他们有奶便是娘，人家打过来了，大不了弯一弯膝盖，换一副顶戴，仍旧堂而皇之地做他的官。而老百姓却没有这样放达，他们要认死理，脑袋可以不要，但膝盖是不能弯的。我们这位阎典史就特别珍重自己的膝盖，他城破被俘之后，在清军贝勒面前硬是挺立不跪，被活生生地用枪刺穿胫骨，于是"血涌沸而仆"，身子是倒下了，膝盖终究没有弯。有人说阎应元是下里巴人，虽然打了一场轰轰烈烈的大仗，却没有自己的纲领之类，那么他站在城头上讲的这两句大白话算不算纲领呢？可以毫不夸

能说出这样的话，足见阎应元不是赳赳武夫逞匹夫之勇，他看清了历史与政治的真相，清醒自觉地践行着信仰与使命。这也是其人格上独具魅力的地方。

张地说，这足以胜过一打纲领，就是和史可法文采瑰丽的《复多尔衮书》相比，恐怕也不会逊色的。

但阎应元毕竟"略输文采"，这在很大程度上影响了他本身固有的光芒。因为历代的史书都是文人写的，胳膊肘朝里弯，他们对那些富于文化气质的志士贞臣当会有更多的欣赏。事实上，在那些宁死不折的明末遗民中，有相当一部分是江南的文化人，他们操着并不刚健的吴侬软语为反清复明奔走呼号，以彬彬弱质支撑着异常坚挺的文化人格。在朱明王朝那一段不绝如缕、凄怨悠长的尾声中，最具光彩的不是赳赳武夫，而是一群柔弱的文化人，这实在是一幕很有意思的历史现象。这中间，张煌言算得上是一个颇有影响的人物，但他除去和郑成功合师入江，在南京附近热闹了一阵以外，此后便再没有什么大的作为，只是跟着鲁王朱以海凄凄惶惶地东躲西藏，后来被清军俘获。但他是个文人，会做诗，字也写得相当不错，即使在狱中，也"翰墨酬接无虚日"。临刑前，有绝命诗两首，又举目望吴山，长叹道："好山色！"就这样文绉绉的一句慨叹，便托起了一个中国文人的终结性造型。是啊，吴山媚好，黛色空濛，这无疑是诗的境界，自己这些年为国事奔波，何曾好好看过眼前这景致。如今忠义已经尽了，身后的名节也是不成问题的，作为一介文士，最后能在这样的山光水色之间找到归属，也就无憾无怨了。于是张煌言整一整衣袂，飘然前行，他似乎并不是走向断头台，而是走入了如诗如梦的江南烟水，融入了中国文化的总体气韵之中。这样的造型，难怪后世的文人学子们要传为佳话了。反观阎应元，同是慷慨就义，只大呼："速杀我！"痛快则痛快矣，但在那些握着史笔的文人眼里，终究显得粗鲁，所见到的只是一片鲜血淋漓的悲壮，因而从人格气韵上讲，也就浅显得多了。

历史是由文人书写的，落笔时必定带上文人的审美趣味。

志士贞臣而又富于文化气质，这往往为后人提供了偌大的想象空间。张煌言就义后，葬在西子湖畔的南屏山下，与岳坟和于忠肃公墓（明代名臣于谦之墓）相去不远，"赖有岳于双少保，人间始觉重西湖"，连西湖也得借重于忠臣义士。如今张煌言也来了，后人就把三墓并称，对张煌言来说，这是相当高的荣誉了。人们的想象也就到此为止，接下来又轮到史可法。史可法就义后，尸体一直没有找到，扬州梅花岭上只是一座衣冠冢，这就为后人留下了想象的空间。因史可法众望所归，具有相当大的号召力，以后若干年内，关于"史可法未死"的传说和冒充史可法之名起兵抗清的事一直连绵不断。闹到后来，"死诸葛吓走生仲达"，连清政府也跟着疑神疑鬼，搞不清真假了。于是便有了洪承畴和被俘的吴中义军首领孙兆奎的一段对话。洪承畴是明末第一号大汉奸，他在松山被俘降清，但崇祯皇帝起初听信传闻，以为他死了，曾下诏为他在正阳门建"昭忠祠"。这一段对话实在令人拍案叫绝。

洪问孙："你从军中来，知不知道在扬州守城的史可法是真的死了，还是活着？"

孙反问洪："你从北地来，知不知道在松山殉难的洪承畴是真的死了，还是活着？"

洪承畴狼狈不堪，急忙下令把孙兆奎杀了。

史可法不简单，人虽然死了，但他的人格力量仍然令敌人胆战心惊。

此后不久，洪承畴又遇上了被俘的一代名儒黄道周，但这次他连开口对话的机会也不曾有，便狼狈而返。

福建漳州黄道周石斋先生，以隆武朝武英殿大学士入江西募兵抗清，被执于婺源，后来又押解南京。当时洪承畴任清廷"招讨南方总督军务大学士"，也驻节南京。因为黄道周的名声很大，道德文章冠于一时，洪承畴想亲自到狱中劝降，庶几可分青史之谤。黄道周闻讯，自然不会给他机会，便手书楹联一副于囚室门枋，联云：

> 史笔流芳，虽未成名终可法；
> 洪恩浩荡，不能报国反成仇。

这位石斋先生不愧是国学大师，联语用谐音、嵌字的方法，暗寓"史可法忠""洪承畴反"的意思，看似信手拈来，实在妙不可言。洪承畴见了，羞愧得无地自容，哪里还有脸面劝降？随即下令将黄道周处决。黄道周遥拜孝陵，然后端坐在红毡上，神色自若。一弟子请他给家里留下遗言，他撕开衣襟一幅，将右手食指咬破，滴血书联云：纲常千古；节义千秋。

黄道周用血写下的这个"纲常"和"节义"，便是中国儒家文化中最为神圣的两块基石，之所以有那么多的文化人为反清复明矢志不移，其源盖出于此。要说这些人受了朱明王朝多少恩泽，实在没有根据，在此之前，他们大多"处江湖之远"，郁郁不得志。相反，倒是那些旧王朝的既得利益者，屁股转得比谁都快。因此，这些文人祭奠的实际上不仅仅是一个张三或李四的王朝，而是一种根深蒂固的文化。而江南又一向是文化

明末清初，无数文人前仆后继、殉身不恤的那个对象，与其说是大明王朝，不如说是他们心中的文化信仰。

人成堆的地方，当此旧王朝覆亡之际，江南的文化人自然成了送葬队伍中最为痛心疾首的一群。当时名满天下的一些学界巨子，几乎无一例外地加入了这个行列：黄宗羲、顾炎武、刘宗周，当然还有我们刚才说到的黄道周。只要大略看一眼这串在中国文化史上熠熠生辉的名字，吊死在煤山的朱由检也应该感到欣慰了。

新王朝的统治者起初只顾忙于杀伐征战，对这群不要命的文化人很有点不以为然，"秀才造反，三年不成"。几个手无缚鸡之力的书生，怕他作甚？但等到天下初定，甲胄在身的武士们或归顺或败亡以后，他们才意识到，并不是所有的事情都能骑在马上解决的，文人自有文人的厉害，"莫谓书生空议论，头颅掷处血斑斑"。杀几个文人固然不费劲，但问题是总杀不干净，你这边刀上的血还没有揩去，他那边又把脖子迎上来了。再一细看，原来他们手中虽没有吴钩越剑，却握着"批判的武器"，这武器就是巍巍荡荡的汉文化。

事情于是发生了变化，起初是南明的武士们在清军铁骑面前顶礼膜拜，现在却轮到新王朝的统治者在氤氲缠绵、云蒸霞蔚的汉文化面前诚惶诚恐了。这中间一个最明显的信号是：康熙二十三年，清圣祖玄烨带领文武大臣来到南京的明孝陵前，当今皇上的一切显赫和威仪都免了，一行人在陵前规规矩矩地下了马，不走正门不走中道，却从旁门步行，一路上行三跪九叩首礼节，到了宝城前，则行三献大礼。礼毕，又亲书"治隆唐宋"碑文，令江宁织造郎中曹寅刻石制碑，立于陵殿大门正中。对朱元璋的评价在唐宗宋祖之上，这不是一般的抬举了。当雄才伟略的康熙大帝在朱元璋面前躬身拜倒时，那身影所投射的，显然不仅仅是对一位前朝君王的礼节性尊重，而是传递了一种信息：以"外夷"入主中原的清王朝对汉文化同样是很推崇的。

康熙谒陵完毕，又继续南巡去了，接下来的工作让曹雪芹的祖父曹寅来做。曹寅不光是负责将皇上的御笔刻石制碑，那事情很简单。在长达数十年的江宁织造任上，他实际上负起了对江南知识分子进行统战的责任。从他给康熙的那些连篇累牍的奏折中可以看到，康熙想了解的是何等详尽，有些看来不应该出现于奏折中的琐碎小事，诸如风俗人情、街谈巷议、三教九流、诗酒趣闻之类，曹寅也都包包扎扎，用快马送往京城，那里面的口气，竟有如君臣就着一壶清茗拉家常一样。曹寅这样做，自然是得到康熙授意和

康熙帝率文武大臣对明孝陵的顶礼膜拜是一个颇具政治意味的事件，它传递的信号不仅仅是以"外夷"入主中原的清王朝对汉文化的推崇，更在于以武力征服了南明的清廷终于承认了汉文化在更广远的时空中蛰伏着的绵绵不绝的力量。

鼓励的。康熙喜欢看这些花边新闻,大概不会是为了解闷儿,他是要把江南文人的一举一动都掌握无遗。同时也不可否认,当今皇上在津津有味地批阅从江宁府送来的奏章时,那种对汉文化难以抑止的热情也流泻得相当充分。

大约就在这个时期,清廷诏令表彰前明忠义,也就是对当年那些提着脑袋和他们拼死作对的人予以褒扬。应当承认,这种气度还是很难得的。于是,小小的阎典史才得以"跟哥哥进城",在江阴的"忠义祠"里占了一席之位。此后,江苏学政姚文田又手书"忠义之邦"四个大字,刻嵌于江阴南门城楼之上,算是给了阎应元和江阴守城战一个"说法"。

五

但小石湾依然寂寞。

又有三两游人从那边过来了,或意态悠闲,或行色匆匆,夕阳下的身影拖得很长,惊起一群不知名的水鸟,凄惶逸去,那呼叫使得天地间平添几分苍凉的余韵。几年前,小石湾的江滩上出土了几尊清代道光年间的大炮,到要塞炮台的游客往往在归途中要拢过来看看,人们摩挲着古炮上铁锈斑驳的铭文,望大江,思荣辱,发出由衷的感慨。他们当然不会想到，就在自己脚下的某个地方，民族英雄阎应元正孤独地安息着。

我唯有无言，说不清心里是一种什么滋味。"烟波江上使人愁"，此情此景，难道是一个愁字所能了结？

却又想起一桩不相干的事：不久前，有一位学者考证出，盛宣怀的墓可能在江阴马镇，一时上下都很振奋。因为谁都知道盛宣怀是武进人氏，与江阴原不沾边，若果真那把老骨头最后埋在江阴，就差不多算得上是半个江阴人了。盛宣怀何等人物！他是李鸿章的经济总管，是旧中国的三井、三菱式人物，在今天这个经理、厂长脚碰脚的年头，一个地区若能和这样的经济巨擘（即使是一堆腐骨）攀上点缘分，"名人效应"自然是不用说的。于是，文化搭台，经济唱戏，论证会接着研讨会，忙得不亦乐乎。

当然，接着还要修墓。

我真想大喊一声：阎应元的墓在江阴小石湾，这已经用不着你们论证研讨了。

但终究没有喊，隐隐约约总觉得气不壮：阎应元的墓修好了，能搭台唱戏三资合资投资吗？

呜呼！阎应元这次不光吃亏在"文化"上，还"略输"美元和港币……

当被文字和文化包裹的英雄被铭记被推崇的时候，那个元气淋漓的忠臣良将却由于没有名位、更输文采而庭阶寂寂、无人问津。

江风大了，回去吧。

回来后，写成了这篇小小的文章。

但文章写完后，偶尔翻阅清代大学者俞曲园的《春在堂随笔》，见其中有这样一段记载：

> 史阁部复摄政睿亲王书，乃乐平王纲字乾维者代笔，见南昌彭士望《耻躬堂集》。余惟忠正此书，海内争传，然莫知其为王君笔也，故特表而出之。

文中的"摄政睿亲王"即多尔衮，而这位春在堂主人即一代红学大师俞平伯的曾祖父。

作为野史，这中间的真实性是大可怀疑的，但我却希望它是真的，我宁愿史可法不是一个文章高手，而是站在扬州城楼上苦心孤诣的督师辅臣。诚如是，则我在上文中的有些说法就无法立足了。我真诚地希望春在堂主人的记载是千秋史笔。

后来我觉得，我成了荒野中的一个。真正进入一片荒野其实不容易，荒野旷敞着，这个巨大的门让你在努力进入时不经意已经走出来，成为外面人。它的细部永远对你紧闭着。

泗州钩沉

一

上了淮河大桥，风便直往脸上扑，虽是阳春
三月，却仍有几分凛冽的意味。桥很长，北望是
无垠的旷野，点缀着青砖灰瓦的平房，隐隐传来
几声鸡鸣狗吠，渲染出一派牧歌情调。东去的河
面愈显开阔，不远处就是洪泽湖了。此刻我却不
忍去看，这里的水啊，太浩茫，浩茫得亘古无
边，天涯无际，让人心里发冷。

那么，就走进桥北的那片旷野吧。

旷野的南沿是莽莽苍苍的淮河大堤，村民大
都沿堤而居，往北便很寥廓，似乎有意要留下一
片供人凭吊的空间。我走在村里的机耕道上，脚
步轻轻的，仿佛怕惊醒了什么，因为我知道，在
我的脚下，沉睡着一座千年古城。

这座古城叫泗州，在从后周到清初 700 余年
的中国政治文化史上，这个名字出现的频率相当

眼前田园牧歌
般的景象和后
文讲述的悲情
历史画面形成
鲜明反差。

为何不忍去看
那浩茫的水？
引出后文钩沉
的往事。

"我"走得小
心翼翼，虔诚
而庄严，那是
源自一份历史
的敬畏感。

高,特别是在南宋和金帝国隔淮对峙的百余年间,这个名字常常和兵连祸结的征伐以及由此而引起的政治大事件维系在一起。但泗州的沉沦并不是由于铁血和马蹄的蹂躏,而是由于一场天灾。清康熙十九年(1680年)夏天的某个夜里,泗州被溢出淮河大堤的洪波所吞没,从此深深地埋沉在地下,算起来,已经又是300多年了。

脚步轻轻的,带着祭奠的虔诚和庄严,走过茅草丛生的阡陌,走过缀满野花的河坡,走过春苗的新绿和牧童的笛音,在我的脚下,沉睡着一座300年前的古城。就人类历史而言,300年算不上很长的历程,但也绝对不能算短。300年中,多少一代天骄灰飞烟灭,多少倾国红颜成了腐骨一堆,多少悲欢荣辱被洗刷得了无痕迹。那么,我脚下的这座古城呢?它被静静地定格在地层深处,年复一年地看江山易代、淮水东流,它仍旧是旧日容颜吗?

在这以前,我已经从地方志上见过古泗州的地图,对这座古城的大体格局了然于胸,因此,在这初春的艳阳下,我在旷野上的每一步都超越了时空的框范,在古城的石板街上激起悠远的回声。据地方志记载,泗州城的周长为9里30步,依此推算,则直径当为3里左右。下淮河大桥往

历史的悲情沉重和此时的云淡风轻的反差,让人生出一种苍茫浩大的时空之感,缅怀与敬意油然而生。

通过诗意浪漫的想象,将泗州古城人格化。

历史怀想建立在真切的历史追寻之上,时空变得可以触摸,愈加亲近。

北一箭之地，当是旧日的东门吧。从东门入城，沿着通衢大街西去，不久便是州衙公署了。都说八字衙门朝南开，可这里的衙门却是向东的，正对着淮河的流向。这座宏敞堂皇的建筑是古城的神经中枢，门前的旗杆石大抵还在的，每年的封印仪式、迎春典礼以及判案、排衙和送往迎来之类在这里演绎得很热闹。但这些都是虚应文章，没有多大意思。真正有意思的故事发生在州衙前面的商业街和平民区。寻常百姓的喜怒哀乐是最生动的社会生活情节，所谓"淮上风情"更多地潜藏在这里锱铢必较的市声俚语中，潜藏在幽静陋僻的小巷深处。当然，这中间也少不了爱情——小家碧玉的婚恋是充分世俗化的，虽不那么浪漫，却更加缠绵深挚。

寻常百姓的日常生活是历史最真实、最鲜活之处。

从州府衙门往南，通过市招掩映的商业街，脚下该是古泗州的南门了，据说这里当年是一片自由市场，很繁华的。此刻我看到的却只有几座恬静的农家小院，一个女人坐在门前纳鞋底，春晖慵倦，树影婆娑，那动作和神采，安闲得令人心折。门前的小河边，一个穿花格衫的女孩子在用门栓捶衣，声音贴着水面传得很远。阳光懒懒的，映着墙头上的宣传标语，再看看那落款，心头不由得一阵激灵：城根村。难道说，这农妇和

将历史上的繁华热闹与此刻的恬静安闲作对照。引出下文对古泗州的追忆。

女孩正坐在当年的城堞上吗？她们当然不会想到，在自己身下的这块土地上，曾发生过多少惊心动魄的故事，那报警的锣声，曾撕裂了多少战栗的心灵……

二

在保存古代城市记忆方面，诗词功不可没，比如柳永一首《望海潮》，成为北宋杭州繁华的一个生动注脚。

领略古泗州的繁华，最初是在苏东坡的一首《行香子》词中。时值东坡居士生命的秋天，政治上很不得意，那桩在中国文化史上有名的"乌台诗案"把他从京师赶到了黄州。几年以后，皇上开恩，又转徙汝州，因为那里离京师较近。但诗人看中了山清水秀的宜兴，想在那里置几间房子打发晚年。"十年归梦寄西风，此去真为田舍翁"，他已经心灰意懒了。于是一边带着家小向汝州进发，一边向皇帝上表陈情。他走得很慢，希望自己的请求得到皇帝的批准，也就不必再到汝州去了。当时的景况实在凄惶，全家人连饭都吃不饱，他给朋友的诗至少有三首提到饥饿，有一首甚至自比饥鼠，整夜啃咬东西。这样，一路磨磨蹭蹭地到了淮河边上的泗州，一家人实在走不动了。苏东坡决定在泗州小住，并向皇帝发出了第二封哀告信。

泗州太守是个简朴诚实的山东学者，对这位

名满天下的大文豪心仪已久，晚上陪苏东坡渡过淮水到南山去玩。淮水上有一座长桥，泗州扼淮上咽喉，是战略要地，天黑以后是不准过桥的，违者将处以很重的刑罚。为了陪苏东坡，太守不惜违规过桥。两人玩得很尽兴，苏东城自然要作诗填词的，于是有了一首《行香子》，其最后两句为："望长桥上，灯火乱，使君还。"

想不到这几句小诗却让太守受了一场大惊吓。第二天，太守读到这首词，连忙找到苏东坡，说："你闻名全国，这首词一定会传到朝中。普通老百姓晚上过桥要罚两年的苦役，太守犯法，一定会更重。我求你不要把这首词拿给别人看。"

这位太守是老实人，他的惧怕是有道理的。苏东坡笑道："老天爷，我一开口便是罪过，哪一次在苦役二年以下？"

不知苏东坡采取了怎样的防扩散措施，反正这首词还是流传下来了。从词中看，当时的泗州是很繁华的。诗人很幸运，他在泗州的时候正值早春二月，离汛期还远，这时的淮河是温柔而恬静的，泗州一片升平景象，太守也才有心思陪他游山玩水。而且，就在这期间，苏东坡接到了朝廷的旨意，批准他定居江南，不必再到汝州去了。在饥饿、颠沛和困顿中，泗州成了他生命的绿洲，虽只是旅途小憩，顾盼匆匆，但泗州长桥上迷离的灯火，将长存在诗人晚年的记忆中。

这是在宋代，当时的淮河还比较文静，洪水扑城的惊险只是在开宝七年和隆兴二年各发生过一次，相对于300余年的宋王朝来说，这样的频率不算高。当泗州太守陪同苏东坡指点江山时，淮河大抵只是一道静物化的风景，苏东坡因此也才能写出那样意态闲适的词章。但是到了明代的正统年间，这道风景突然幻化出恣肆暴戾的冷色，自此以后，《泗州志》便浸淫在一片水患连绵的阴影之中。

终于，到了清康熙十九年。

毁灭是在瞬间完成的。在汹涌的洪峰面前，一座方圆数里的古城有如砂器一般脆弱。可以想见，这天倾地陷的瞬间将会引发出多少可歌可泣的情节：死别和生离，崇高和卑劣，人情和兽性，在这一瞬间都凸现无遗。但这些不是我关注的内容。走在古泗州的遗址上，我的心头涌动着一股巨大的惊悸。事实上，泗州并不是一下子就消失了的，在其后的岁月里，人们与洪水曾进行了长达数十年的反复争夺，这中间有力和美的呈示，有生命智慧和意志力的张扬，还有一个独特

令"我"惊悸的不是毁灭瞬间发生的那些可歌可泣的情节，而是在与自然更绵长的斡旋中，淮上儿女所呈现出来的坚毅的精神品格。

的精神世界：在不可抗拒的灾难面前，一种交织着不屈不挠和无可奈何的心理积淀，随着一层又一层的泥沙把泗州埋入地层深处，一代又一代的淮上儿女也埋下了他们面对苍天的诘问和沉重悠长的叹息。

且看《泗州志》上的这一段记载：

> 康熙十九年庚申六月，淮大溢，外水灌注如建瓴，城内水深数丈，樯帆往来可手援堞口。嘻，甚矣哉，官若浮鸥，民皆抱木而逃，自是城中为具区矣……

寥寥数语中，竟用了这么一连串沉重的感叹词，修志者的悲哀和无奈可以想见。关于其中"具区"二字，《辞海》上的解释是"古泽薮名"，一说为扬州薮，一说为太湖。反正泗州毁灭了，毁灭在一片汪洋大波之中。但与此同时，泗州人也像山一样地站立起来了，在与灾难和命运义无反顾的抗争中，一种生生不息、坚忍执着的地域性格完成了悲壮的奠基。

这是一段关于生存的传奇，更是一段关于生命意志和文化性格的阐释。聚集在残破的淮河大堤上，远眺着浩浩汪洋中的家园，泗州人本来可

不屈不挠而又无可奈何，正是一代代泗州人面对水患复杂心理的精准概括。

州志通常是不带感情色彩的客观记录，这一段记载却出语沉重，意味深长。留心史料，用心体味是打开历史之门的钥匙。

以选择外出流亡的道路，日暮乡关何处是，惟有浊流滔滔，烟雨茫茫。但他们没有离去，传统的乡土意识拴系着他们。这里有他们的祖宗陵寝，有他们世世代代的奋斗和追求，也有他们剪不断理还乱的是非恩怨。农业文明形成的民族性格中，更多的是脚踏实地的坚守和耕耘，而不是漂泊天涯的狂放和浪漫。他们不惯于驾着"诺亚方舟"驶向遥远的新岸；也不惯于率引着畜群唱着牧歌去寻找生命的芳草地。他们留恋脚下的一方乡土，哪怕是一派汪洋、一片荒漠、一座废墟。

就在泗州东南不远，有一座圣人山，山下有一条禹王河。圣人即禹王，禹王即圣人，都是有关大禹治水的传说。这样的传说不是没有根据的，《孟子·滕文公》中所说的大禹"排淮泗而注之江"，大抵就在这里。面对着洪水的进袭，中华民族的传统对策是"阻"，是"导"，而不是扬起风帆一走了之。

大禹当年是走得很远的，以至于"手足胼胝"，且三过家门而不入，最后死在远离家乡的会稽。从泗州溯淮河上行，有一处叫怀远的地方，还留下了大禹与涂山女美丽而忧伤的爱情故事，说的是大禹外出治水，涂山女经常在涂山之阳等候夫君归来（我怀疑"怀远"的地名即由此

泗州有"大禹治水"的古老传说，其地域性格中流淌着这样一种刚毅与执着的基因。

而来），等候的结果当然总是失望。于是，心怀焦虑的女人唱道："候人兮猗！"《吕氏春秋》的作者认为，这首"咏叹调"即《南音》的起源，也是中国上古诗歌的滥觞之作。在这里，涂山女一句直抒胸臆的吟唱，不仅唱出了一个最原始而永恒的文学主题，也唱出了中国妇女性格底层的一个重要情结：等待。丈夫外出了，她们能做到的只有等待，在织机上，在耒耜旁，在月下的捣衣声中，在村头、路口和潮涨潮落的海滨，中国的女人就这样世世代代地等待着。多少民间故事中，她们甚至化成了永远的情感雕像——望夫石。

脚踏实地的坚守与耕耘，这种民族性格在中国妇女身上有着最集中的体现。

现在，聚在淮河大堤上的泗州人当然也不愿远走他乡，那么就别走吧，留下来，像大禹那样"手足胼胝"地苦斗，像涂山女那样年复一年地等待吧。

为了脚下的一方乡土，他们必须苦斗和等待；但为了苦斗和等待，他们又不得不伸出枯骨棱棱的求生之手，去撕扯乡土上鲜血淋漓的创伤。

将泗州人拆迁的痛苦刻画得入木三分。

首先出发的是州府的官船，为了在淮堤上搭建临时办公用房，这几艘原先是州官老爷们赖以逃生的官船，又驶向了浩浩汪洋中的州城。州城，隐现在秋水和长天的孤寂之中，只剩下了一圈灰褐色的轮廓，那是露出水面的城堞，其间点缀着几处塔尖、屋脊和校场上的旗杆，有如航标一般。**官船由城墙的缺口鼓帆而入，倒是比原先的轿子在石板街上拐弯抹角顺畅了许多**。转眼间已到了州衙的大堂前。那么就动手吧。把这些露出水面的建筑先行拆毁，运到大堤上去。在工匠们沉重的呐喊和叮叮咚咚的斧斤声中，一座座带着鸥吻的建筑在大水中被肢解，只留下了水下的墙基和柱础，昭示着劫难和历史。这时候，州府衙门的种种威严和整肃都失去了意义，只有赤裸裸的生存驱动在起作用。浪花中翻动着殿堂解体的竹头木屑，昨日的权威和秩序也在浑黄的浊流中一任飘零。

接下来轮到寻常巷陌的拆迁了。对于这些小民百姓来说，他们的感情负载自然要比州官们沉重得多，**虽然拆毁的只是数楹老屋、一方庭院，但其间的一木一石往往凝聚着祖辈几代人的艰辛和希冀，甚至还有一个小民百姓毕生的成就感**。因此，要求他们义无反顾是不切实际的。可以想见，当他们驾着小舟驶向自家的老屋时，那一段心理历程该是多么悲壮。**但小舟还是驶过来了，船舷轻吻着老屋的檐角，主人抹去眼角的泪水，**

以乐写衰。

敝帚自珍，何况那是家园、根基。

采用拟人手法，通过合理的想象，将不忍之心写尽。

小心翼翼地拆卸，用心细细地整理，他们几乎是在整理一部家族的经济史和感情史。此刻，邻里之间不再为方寸地基的归属而明争暗斗，也不会再为门楣高低风水冲克而耿耿于怀，漫天的洪水冲洗了小巷胡同里的琐碎和狭隘，只留了患难与共的浓浓乡情。是的，灾难的巨掌把他们捏到了一块，他们现在所面临的生存空间同样逼仄而严酷。在悲壮的拆迁中，他们也许会哼上几句粗犷的淮上歌谣，在怆凉无奈中透出他们心底的憧憬：洪水总有一天要退去，他们总有一天要回来的，为了明天的回来，那么今天就拆吧。

"兄弟阋于墙，外御其侮"，邻里也是如此，患难见真情。

洪水当然是要退去的。洪水退去了，人们又回来了。那大抵是在冬天或春天，泗州又升起了温暖的炊烟，又有了男人粗重的吆喝和女人匆忙的脚步。锈蚀的城门打开了，生命的色彩流动在断垣残壁的街巷里。说什么饿殍遍野、疮痍满目，反正人们回来了，回到了乡土的怀抱，过去的一幕只是一场梦魇，噩梦醒来是早晨，生活的阳光会重新照临他们的。

传神地写出了重回故园时的欣喜之情。

但梦魇却死死地纠缠着泗州人，自康熙十九年以后，淮河像一个有恃无恐的浪荡子，偶然得手后便越发放荡无羁，洪水灌城的悲剧一再重复，人们的退却和归来也成了一再演绎的情节。

在强大的自然力面前，人类原始的意志力是有极限的。泗州，在最后一次悲壮的填城运动失败后，终于沦为一片汪洋。

今天的城根村正值一片繁茂的春景，村头的鱼塘畔草绿花红，天光云影折射着长天和春水的律动。据村民们介绍，20世纪80年代初开挖鱼塘时，曾在深处的瓦砾下挖到一层黏土，厚度可达一米，这是当年泗州人从数里之外的高岗上运来的。康熙五十六年冬天到第二年春天，泗州曾掀起一场撼天动地的填城运动，半年之内，城外的数座高岗被削为平地，泗州城的标高则上升了3尺多。一座方圆9里许的州城，平地垫高3尺，这中间的土方量是大致可以算出来的。在当时的运输条件下，这是一项多么巨大的工程！但对于动辄"水深数丈"的洪峰来说，3尺黑土又能抵挡什么？可以说，这是泗州人在万般无奈下的最后一次抗争，是一幕明知不可为而为之的悲剧演出。楚天高，淮水长，遥望着他们蠕动在莽莽荒原上枯槁的身影，我们谁也没有资格批评先人"愚公式"的蛮干，而只能在他们执着的生命意志面前肃然起敬。

泗州人的最后一次抢救，是驾着舟船拆除城墙，把那巨大的城砖运到淮堤上去建造一座流亡

从历史遥想回到现实，眼前的祥和美好中依稀浮现出过往历史的惊涛骇浪。

州府。从此，这座淮上名城真正成了一座不设防的城市。<u>水天苍苍，荒草萋萋，只有淮水年复一年地拍打着死寂的空城。</u>差不多半个世纪的人与自然的对峙，终于敲响了悲怆的最后一个音符。这是康熙末年的事。

"山围故国周遭在，潮打空城寂寞回。"淹没的泗州有着刘禹锡《石头城》里冷落荒凉的意境。

三

我在写这篇文章时，材料大多取自一本雕版印刷的《泗州志》，这是康熙二十七年由一个叫莫之翰的州守主持编撰的。<u>康熙二十七年离泗州第一次沦于大水才8个年头，当时的州衙设在淮河大堤上的临时办公棚内，这位州官是在组织治水赈灾时，是用他那泥汗淋漓的手来完成这项文化工程的。</u>因此，今天当我翻阅这本残破发黄的《泗州志》时，亦不得不对这位地方官的文化人格投以赞赏的一瞥。

平心而论，在泗州这种地方当官并不是什么美差，虽然也是个正六品的厅局级，但治下仅一方灾土、数万饥民而已，实在是很清苦的。可以想见，被打发到这里来的，大多是些在官场上玩不转的老实人。但对泗州的民众来说，一个玩不转官场的老实人并没有什么不好。这个莫之翰就任于康熙二十年，当时正值泗州的灾难之秋，哀

洪水来时，"官若浮鸥，民皆抱木而逃"，作为人的尊严尚不能保全，这个州守莫之翰却着手编纂起地方志，这着实让人费解，引人探寻。

鸿遍野，疮痍满目，父母官的日子自然也不好
过。若是个有门路的钻营趋附之徒，不用多久就
会打通关节开溜的。但莫之翰没有走，至少到他
修成《泗州志》的康熙二十七年他还没有走。栖
身在风雨飘摇的临时办公棚里，他不仅带领民众
进行了一场撼天动地最后以失败告终的泗州保卫
战，还修成了一部相当不错的《泗州志》，仅就
这两点，这位太守就很不简单。

　　在莫之翰看来，清苦也有清苦的好处，人家
根本就看不上你屁股下的这把交椅，避之惟恐不
及，也就不会挖空心思来排挤倾轧，因此，你可
以尽心尽力地做自己应该做的事。当务之急自然
是两件事：一是赈灾，一是治水。莫之翰上任
后，在淮河大堤上设了 6 处粥厂，亲自操勺为老
弱饥民放粥；又开河筑堤，置牛车以㧟内水。但
最要紧的还是向中央政府报告灾情，请求救济。
这样的呈文，莫之翰的前任们已经写得不少，现
在他又接下去写。一个小小的州官是没有资格直
接向中央反映灾情的，他只能把报告送给巡抚，
由巡抚签署意见后向上转送，这叫"题奉"。有
时为了显示问题的紧要，巡抚还要会同漕运总督
一起"题奉"，这样，报告才能送往京城，等候
皇帝发落。其实皇帝这时往往不在京城，因为大

粗笔勾勒出一个清贫州守的坚挺人格。

孙叔敖临死前交待儿子不要接受楚王良田沃土的封赏，只要楚越边境一个叫"寝丘"的地方，因为那里土地贫瘠，名字也不吉利，人们都不屑一顾，就可长久保有。这是与世无争、退而自处的智慧。

水一般都发生在夏秋，而每年的这个时候皇帝是要到承德的山庄避暑的，还要进行声势浩大的"木兰秋狩"。对于这些从京城辗转送来的文件，大概也懒得细看，只是皱皱眉头，大略睃巡一下地方督抚的"题奏"，便提笔画了一个圈，草草打发如是："旨蠲灾三分。"

我数了一下，从顺治初年到康熙二十七年，这样一字不差的批示就在《泗州志》中出现了十数次之多。大概皇上已经习惯了这几个字，写来相当顺手。至于这个"蠲灾三分"对于颗粒无收、嗷嗷待哺的灾民究竟有多少赈济作用，那不是他操心的问题。

当然也有例外的情况。偶尔，皇上因为和嫔妃们看戏看得高兴了，或者因为白天围猎中的斩获而志得意满、龙心舒畅，笔下的分寸便放松些："旨蠲免本年丁粮，以苏民困。"

谢天谢地，总算有了这么一次"蠲免本年丁粮"，而且还顺便提到了"以苏民困"，显得很有人情味。子民遭灾，朕深为体谅，今年不向你们伸手，明年再说。

但皇恩浩荡仅此一次而已。以后，皇帝仍然是要和嫔妃们一起看戏、在塞外的围场上打猎的，龙心舒畅的时候想必也不会少，御批中的这

百姓真切的水深火热在皇上看来司空见惯，批示不过是例行公事而已。

这种看似很有人情味的批示背后到底有几分真切的同情呢？且看后文。

原来"皇恩浩荡"实是偶然事件，乃任性而为。

种人情味却再也不曾有过，有时甚至连写得相当顺手的"蠲灾三分"也有所保留了，例如这一次的批示就打了折扣："旨蠲灾一二分有差。"

那么，是不是这次的灾情一般，不足以牵动圣忧呢？我们看看：

> 乙丑六月淮大溢，东南堤溃，水灌泗城，深丈余，男妇猝无所备，溺死者数百人。至十月始渐消，自是官廨民居十圮四五矣，乡鄙田畴一望晶淼，禾稼俱尽。州守寄居南城楼，详报巡抚上官，会同漕抚吴具题奏。

我不知道皇帝笔下的这个"蠲灾一二分有差"的根据是什么，难道说堤溃城破，溺死数百人，禾稼俱尽还不算大灾？而且这报告是由巡按和漕台共同"题奏"的，你不相信州官在南城楼上起草的灾情报告，总该相信这两位大员的"题奏"吧。可能皇上对泗州年复一年的灾情报告有些烦了，年年治水，年年赈灾，已成了例行公事。有的言官甚至建议，让灾区的妇女每人腰间系一根黄带子，因为从五行上讲，黄属土，而土能克水。康熙是个有科学头脑的帝王，当然不会

荒诞的谏言背后反映的是朝中官员事不关己、袖手旁观的冷漠态度。

听信这种左道旁门的胡说；而且即使听了，颁诏施行，像泗州淹成那种样子，恐怕每个妇女腰间的一根黄带子也很难保证。康熙又是个气魄宏伟的帝王，他绝对相信子民百姓的生存能力，不管遭了多大的灾，人总是要想方设法活下去的，吃山珍海味是活，吃树皮、草根、观音土也是活。再不济，千古艰难惟一死，大不了多死几个人罢了，中国这么大，死人的事是经常发生的，多死几个谅也无碍国本。因此，"蠲灾三分"与"蠲灾一二分有差"并没有多少实际价值，重要的是一种姿态，意思到了就行。

反语更有批判力度。

例行公事的背后藏着惺惺作态的丑陋。

领受这样的"姿态"和"意思"，不知我们这位莫之翰莫大人作何感想，也许正是一次又一次在这样的御批下叩头谢恩之后，他感到了惊心动魄的悲哀。泗州看来是没有希望的了，自己很可能是最后一任州守。任何职务一旦与"末代"联系在一起，况味便难免辛酸沉重。他除了勉力赈灾，尽量少饿死人而外，作为一个文人出身的官僚，他不能没有一种紧迫的文化使命感：应该修撰一部《泗州志》，既然不能留下泗州的楼台城阙、市井街衢，那么，就留下几页盛衰兴亡的书记，留下一座泗州城永远的雕像吧。

读到这里，我们终于找到了莫之翰在赈灾期间编纂《泗州志》的原因。这是一个具有文化使命感的官员对即将覆灭的泗州城做的最后的保存。

这是一项悲怆的文化工程。说什么盛世修

志，承平雅事？面对着行将覆灭的州城，泗州人现在是要作一篇祭文，唱一曲挽歌，在凄风冷雨中与自己的家园仓皇诀别。

在淮河大堤上的临时办公棚内，在那盏摇曳飘忽的小油灯下，莫之翰带着一天公务的疲惫，精心梳理着那些水淋淋的寸牍片纸。这里有逝去的辉煌和风化的青史，有铁马金戈和笙歌红袖，但更多的却是关于水的记载。泗州本来就是与水维系在一起的，它的繁华得之于淮水和泗水温情脉脉的滋润，它的劫难和沦亡也是由于这两条母亲河的反目浸淫。那么，就渡过恣肆奔湍的洪波，穿过苔藓湿漉的街巷，一步步走向泗州的深处吧。在这里，历史显示了它无与伦比的幽深和浩瀚，即使是一座不大的州城，那平静朴直之下，也潜藏着动人心魄的诗情。灾区的夜晚，静得让人恐怖，连狗的吠叫也绝迹了，星月惨淡，万籁俱寂，天地间有如铺展着一块巨大的尸布，裹挟着无边的死亡，而州守莫之翰则在悄悄地走向泗州的深处，走向那远古的诗情。

当然，要完成如此浩繁的工程，必须有一个工作班子。灾后的泗州，生存是压倒一切的主题，当饥饿的灾民在吞食树皮、草根、观音土时，州守却要组织一批文化人，坐下来慢条斯理地修史编志，这似乎有点不合时宜。但莫之翰还是这样做了，为此，他或许要从极其有限的地方财政中，掂斤拨两地划出一笔不算很小的份额来作为办公开支。为了保证这一群文化精英最基本的热量，有时甚至要从赈灾粥棚前的饥饿走廊里分走最后半桶粥。面对着扶老携幼、满脸菜色的饥民，这无疑需要相当大的心理承受力，也无疑会遭到各种非议：人都饿死了，还谈什么文化？自古仓廪实而后知礼义，这不是太奢侈了吗？顺理成章的推论还有：太守这是慷公家之慨，为自己树碑立传。

成大事者往往是孤独的，需要强大的心理定力。

　　莫太守的行动算不算"奢侈"，这似乎是一个很难说清的问题，但他有没有为自己"树碑立传"，只要看看《泗州志》就知道了。我在翻阅这部地方志时，并没有发现多少太守自我标榜的内容，这曾使我对他的人格肃然起敬。莫之翰是一个文人官僚，平时想必也有些情怀小唱或应酬文字的，作为主编，放进几篇自己的诗文也是堂而皇之的。但他没有，在洋洋大观的《泗州志》中，记在太守名下的文章只有一篇，即康熙二十四年他写的《请减食盐详文》，这是向中央政府请求减免盐税的报告。因为泗州历经大灾，百姓死的死、逃的逃，原先在册的 3 万多人丁，仅剩下 1 万有余，但朝廷每年仍要按原先的 3 万人征收食盐附加税，这自然是吃不消的。这份报告写得很动情，完全称得上一篇很不错的散文，即使和李密的《陈情表》放在一起，也毫不逊色。<u>不同的只是李密是站在个人的立场上请求朝廷允许他在家奉祖母尽孝，而莫之翰是站在一方民众的立场上请求朝廷蠲减盐税。</u>就情怀而言，后者似乎更值得称道。

朝廷有没有批准莫之翰的请求呢？大概没有。《泗州志》中只留下了一篇奏疏，倒是情辞并茂，很值得一读。

四

沉沦于洪水的不仅有泗州的城郭街衢、小民百姓，还有一处皇家墓地——明祖陵。

明祖陵是明太祖朱元璋的祖父、曾祖父和高祖父的衣冠冢。朱元璋祖籍泗州，这三位朱氏先人原先都是葬在这一带的，但到了朱元璋发迹时，却连坟墩也寻不着了，于是便有了这座象征性的陵墓。明代的皇陵，人们一般都知道的有北京十三陵和南京明孝陵，其实另外还有几处，不过这几处的主人生前都不曾有过黄袍加身的福祉，只是因为后代当了皇帝而被封的，是一种荣誉。享受这种"荣誉"的陵墓除明祖陵外还有两处：一是安徽凤阳的皇陵，主人是朱元璋的父亲朱五四；一是湖北钟祥的显陵，主人是嘉靖皇帝的父亲朱祐杬。相比之下，泗州的明祖陵人们知道得不多，由于从清朝初年开始，它就一直埋沉在大泽洪波之下，也就渐渐被人们遗忘了。明代的皇陵已经够多的了，淮水滔滔，逝者已矣，有谁还记得水下有一座皇陵呢？

对另外两处陵墓的提及并非闲笔，后面会有更深入的挖掘。

但人们终究还是记起来了。1963 年淮河大旱，人们发现了露出水面的巨型石刻，由此才想起沉沦在水下的朱家祖坟。1976 年国家拨款打坝围滩，将明祖陵从淮河中圈出，经过匡扶、复位和初步修整，人们发现，这些埋沉在水下数百年的石刻竟风采依然。从这个意义上说，真应该感谢康熙十九年的那场洪水，它以不容抗拒的强横保存了这些艺术珍品，使之躲过了历代的兵灾和战乱，躲过了利禄之徒的觊觎，也躲过了自然界的风风雨雨和污染物质的浸淫。数百年来，祖陵石刻就这样在长河的底层深藏不露，默默无闻；而一旦显现，便以其精致绝伦的美征服了世人。我想，这中间是不是蕴含着某种美学辩证法呢？任何一种美，过分招摇了总难保长久，西施、王嫱、貂蝉、绿珠的悲剧都在于美的泄露和张扬。阿房宫毁圮了，凌烟阁湮没了，秦汉的长城也早已坍塌在历史的风尘之中。而兵马俑却保存下来了，汉代编钟保存下来了，连脆弱的竹简帛书也在马王堆的一座陵墓里保存下来了。今天，在古泗州的淮河滩涂上，我们则看到了明祖陵风采依旧的石刻。

走在明祖陵的神道上，我感到了一种灵魂深处的震撼，21对石刻，组成了一条气魄恢宏的艺术长廊。谁说这里只是僵硬的石刻呢？这里分明澎湃着生命的激情。祖陵石刻先于南京孝陵而晚于凤阳皇陵，产生于洪武、永乐年间，这时，皇家山陵体制尚未确立。也就是说，"刻什么"和"怎样刻"尚无一定之规。这种题材和风格的相对宽松，稍稍放纵了艺术家的自我意识，这时候，他们不只是按图雕琢的操作工，而是一群富于艺术个性的创作者，他们的气质、才华和时代的精神氛围取得了某种和谐的统一，相当顺畅地流进了石像那雄伟的身姿和栩栩如生的线条之中。当祖陵石刻开工的时候，徐达的大军正横扫漠北。到永乐十一年竣工时，堪称旷世文化工程的《永乐大典》已经修成，而郑和率领的艨艟巨舰正行驶在波涛万顷的南中国海和印度洋上。这是一个沉雄阔大的时代，祖陵石刻亦透出一股粗

和皇家山林体制确定后的模式化创作不同，这一时期相对宽松的创作环境给了艺术家们自由发挥的空间，石刻代表着艺术家对生命、生活的理解，它们从一个侧面反映着那个时代的气象。

豪奔脱的大气。但粗豪不是粗糙，你看那衣甲服饰、凤毛麟角，无不流溢着生命的质感，就连马唇上的汗渍也依稀可见。在这匹骏马前，我曾迷惑不解，它那低眉垂首的静态和淋漓的汗水不是很矛盾吗？汗水属于扬蹄疾驰，属于负重粗喘，属于大漠和疆场，怎么会出现在皇陵前这副站班如仪、慵闲得有点忧郁的身躯上呢？那么，就是它刚刚来自那遥远的边关，还未来得及卸去征鞍、平息粗喘？一匹驰骋疆场的骏马被牵到这里来守灵，一举一动都被森严的礼法规范着，再也不能引颈长嘶傲啸关山，更不能腾跃冰河饮长风、餐豪雨，其寂寞是可以想见的，难怪它此刻低眉垂首、一副郁郁不得志的忧怨之色。想到这里，我不由得为自己先前浅薄的迷惑而惭愧，更为工匠们对生命的理解以及把这种理解艺术化的鬼斧神工而惊叹。

但相比于石兽的精微传神，那几尊被称为翁仲的人像似乎就显得呆板僵硬。人像有文臣和武将，文臣拱手，武将握剑（剑自然是倒垂着的），照规矩，他们都站立在神道的最前列，也就是最靠近皇祖的眼皮底下。我不知道工匠们在进行艺术创作时，为什么对这些达官贵人如此冷漠，也许因为这些达官贵人离自己太远，对他们的生存

元气淋漓，栩栩如生，富有生命力。

体察入微，富于感情和诗意的想象。手法上和后面对"人像"的阐发形成鲜明的对比。

这是浅层的原因。

状况和心理形态都不甚了了，惟一知道的只有他们的身份：臣子。臣子在君王面前除去毕恭毕敬还有什么呢？那么就让他们毕恭毕敬地站着吧。这种解释似乎勉强说得通，但又总觉得似是而非。工匠们能理解一匹马、一只狮子，以至一只世间根本不存在的麒麟，并赋予他们那样丰富的人格内涵，为什么就不能理解人呢？这中间肯定潜藏着深层次的艺术匠心。明祖陵兴建期间，正值朱元璋和朱棣大兴冤狱、大开杀戒之时，屠刀所向，开国元勋授首了，知识分子噤声了，政治上的反对派销声灭迹了。

这是更深层次的原因。

腥风血雨中，做臣子的都有一种人人自危的恐惧感。是的，恐惧感，这是一种时代病，一种笼罩于满朝朱紫的深层心理。"伴君如伴虎"，他们离君王这样近，几乎可以听到对方衣褶的轻微响动，捕捉到对方眼波和脸色中任何一丝猜忌的阴影，他们不可能不恐惧。

通过细腻而真切的想象，将暴政之下官员们战战兢兢、如履薄冰的心理刻画得入木三分。

而在恐惧的压迫下，他们也不可能有更生动的神态，哪怕是努力做作的矫情。在这里，工匠们正是抓住了人物最具典型意义的心态，以巨大的艺术真实雕塑了他们的形象：呆板、僵硬。

缺失了精神个性的人必定是呆板、僵硬的

神道的尽头是地宫，也就是老祖宗安息的地方。其实这里并没有半根腐骨，只是一堆衮冕冠服，这么森严的仪仗和崇宏的建筑竟是为了陪伴几套衣帽，实在令人感叹。朱元璋是穷人出身，这从他祖上几代人的名字就可以看出来：他的高祖父叫朱百六，曾祖父叫朱四九，父亲叫朱五四，这一串名字现代人听来颇有点滑稽，其实在当时，正是朱家世代赤贫的阶级烙印。宋元以来，平民百姓常常是不用名字的，只以行辈和父母年龄合算一个数目作为称呼。朱元璋高祖的那个"百六"，大概是一百零六的简称，而祖父的"初一"则可能取自出生的日期，反正有一个吆喝的符号就行了，用不着许多讲究。直到朱元璋谥封父亲为仁祖皇帝的时候，才顺便也追封了一个体面的大号，叫朱世珍，这是朱五四老汉的殊荣。

记得有一天和几个朋友一起吃饭时，发现饭店的女老板长得奇丑，于是便引出一个话题：如果该老板娘一夜之间变成了绝色佳人，她将会怎样生活。一位朋友说，她肯定承受不了这种反差，心理会随之崩溃。这位朋友的推论得到了大家的认同。

由此言之，一个穷光蛋当了皇帝，首要的难题恐怕不是治国驭民，而是如何承受那种巨大的心理反差。这种反差甚至会整个地改铸他的人格走向，叱咤风云的伟丈夫变得怯懦宵小；阔大坦荡的胸怀塞进了猜忌、暴戾和险隘；谦和健朗的面孔浮上了贪欲自大的阴影。这是一种心理变态，从先前一无所有到什么都有了，一时反倒手足无措起来，巨大的既得利益令他眼花缭乱、心旌摇荡，却又惟恐受用不及、过期作废。就像民间故事《石门开》的结尾那样，石门突然关闭，满屋子的黄金都变成了石头。那么就抓紧挥霍吧，自己挥霍不算，还要请出祖宗先人来分享，让他们也捞个皇帝当当。给祖宗追加谥号并不是朱元璋的首创，但像朱元璋这样一下子让四代祖宗都黄袍加身的却委实少见。追封便追封，一纸红头文件诏示天下得了，要那么多精美绝伦的石人、石兽干什么？要那么多堆砌谀词的封号干什么？要那么多雕栏玉砌的崇宏巨殿干什么？不就是几根腐骨吗？不，这里连腐骨也没有，只有几套衣冠。在甩场面、掼派头的背后，恰恰显露出那种"小人得志"的浅薄和自卑。

在这里，我不由得又想起了朱家的另外两处祖陵，即安徽凤阳的皇陵和湖北钟祥的显陵。这两处陵墓在明史上都曾演绎过一些有趣的事。前者在崇祯九年被李自成的起义军翻尸倒骨，一把大火烧了个精光，凤阳总督因此被崇祯砍了脑袋。随即，官军也派人到陕西米脂扒了李自成的

一连串的反问句表达了强烈的憎恶情绪，揭露了"小人得志"的卑琐心理。

调侃的口吻，表达反讽的意思。

祖坟，并把其先人的颅骨用快马呈送朝廷处置。明朝末年天崩地坼的政治大搏斗，竟在朱、李两家的祖坟上拼得如此你死我活，这实在是很有深意的。人们不难发现，显现于其中的是那种农民式的复仇情结和天命观。

天崩地坼的政治搏斗上演的竟是如此荒诞的小人戏码，又一辛辣的嘲讽。

后者则引出了一场朝野震动的"大礼议"事件，这件事虽然闹得轰轰烈烈，其实说白了就是一句话，即究竟"谁是自己的父亲"。原来正德皇帝没有儿子，死后由他的堂弟朱厚熜继位。当朱厚熜从湖北安陆的封地颠儿颠儿地前往京城登基时，自然是很高兴的。但他不久便遇到了一个难题，按照儒家的礼教，他以小宗入继大宗，应以大宗为主，必须称已故的伯父弘治皇帝朱祐樘为父亲，而自己的父亲献兴王朱祐杬则降格成了叔父。这位嘉靖皇帝后来虽然昏庸透顶，但这点起码的人伦之情还不曾丧失，他很不情愿，于是便引起了一大批朝臣伏阙请愿，上疏抗议，甚至以集体辞职相要挟。一时金銮殿前呼天抢地，悲声号啕。在他们看来，这是一场关于"主义"的争议。千秋伦常，在此一举。但臣子终究是拗不过皇上的，皇上决定停止这场关于"主义"的争议，直接诉诸武器的批判。最后的结局是，数百名死脑筋的官员先是被廷杖打烂了屁股（其中有

传神地写出了小人得志的意态。

反语，这里"起码的人伦之情"实际上是一种私心。

19人被当场打死），然后下狱、罢官、贬逐。而几个脑筋不那么死的官员则因此飞黄腾达、厕身中枢。朱祐杬不仅仍然是朱厚熜的父亲，而且还被当了皇帝的儿子追谥为恭穆献皇帝，享受了以帝王规格重新修葺的陵墓，这就是湖北钟祥的显陵。

大水隔离尘世的喧嚣，起到了一种净化的作用。

泗州明祖陵的故事比较平淡，因为它过早地沉埋在淮河底下，被人们遗忘了。从这个意义上说，真应该感谢康熙十九年的那场大水。

五

传说故事不是历史，但是它反映了人民大众的历史情绪，是一种艺术化的更加真实的历史。

泗州沉沦了，留下了两则关于"水漫泗州城"的传说，倒也颇有意思。

第一个传说完全是世俗化的，情节也相当朴素：张果老骑驴路过泗州，讨水饮驴，谁知小毛驴见水猛喝，水母娘娘担心毛驴把自己的水喝光，急忙上前抢桶，不小心把水桶打翻，结果造成洪水泛滥，淹了泗州城。

张果老是八仙之一，八仙是天上的神仙，却又相当平民化，从里到外充满了人间烟火气。他们是一批个性解放主义者，想怎样潇洒就怎样潇洒，从不让抽象的教条来束缚自己。例如吕洞宾就是个相当风流的登徒子，他自己也并不掩饰这一点，因此惹出了许多桃色事件。张果老则是个极富于喜剧色彩的小老头，他倒骑毛驴，拐杖上挑着酒葫芦，走到哪里就把恶作剧带到哪里，那些恶作剧大多是很精彩的黑色幽默。但是在这则"水漫泗州城"的故事里，张果老的形象却很模糊，基本上是道具式的，完全可以换成另外的张三李四。倒是那位水母娘娘活灵活现、呼之欲出，她的心态也很值得研究。

水母娘娘是个小官，水是她的权力所在。可不要小看了这座"清水衙门"，精通权术的人，即使是芝麻绿豆大的权力也照样能玩得有声有色。什么叫权力？权力就是无所不在的控制；就是节骨眼上的拿捏；就是八字衙门朝南开，有理无钱莫进来；就是板着面孔打官腔，一边敲骨吸髓一边接受你的顶礼膜拜。可以想见，平时求这位水母娘娘要指标批条子走后门的肯定不少，她的小日子也肯定过得很滋润。所有这些，都是因为她掌握了水。失去了水，她就失去了一切特权的基石。因此，当饥渴的小毛驴喝水似乎要超指标时，她才会那样手忙脚乱，如同夺了她作威作福的魔杖一般。泗州的悲剧带有深刻的社会必然性，张果老和他的小毛驴是无辜的，悲剧的根源在于水母娘娘的"官本位"和"以水谋私"。在这里，水母娘娘成了一切权势者的化身。正是由

运用排比句式，对滥用权力、以权谋私的丑恶现象作了赤裸裸的揭露。

天灾的背后，实是人祸。

于权势者的贪欲和自私，才酿成了泗州天倾地陷的大灾难。

民间传说是平易朴素的，却并不浅薄，世俗化的情节中透析出坚挺的哲理品格。我不知道这传说的原始作者是谁，也不知道它是从什么时候开始流传的，但可以肯定，它在长久的流传过程中，充分吸纳了民众的社会体验和感情积淀，因而比许多史书上的阐述更具权威性和终结意义。

第二个传说知道的人更多些，因为有一出叫《虹桥赠珠》的戏文即取材于此。故事袭用了才子佳人的传统套路，把一场洪荒巨祸置于少男少女的青春游戏之中，作为情场纠葛的一段尾声。这样的构思相当奇崛：泗州知州的公子白生赴京赶考途经洪泽湖，与湖中神女凌波仙子邂逅相遇，凌波仙子爱恋白生的聪明俊美，想结为秦晋之好。但书呆子白生偏偏功名要紧，执意不从，神女爱极而恨，一怒之下水漫泗州。

这个传说显然已被文人加工过了，因而也融进了文人士大夫的某种价值取向。对于白生和凌波仙子这两个人物，人们尽可以见仁见智，有各种各样的评价，但我所看到的则是其中关于生命意义的解析。一般来说，人们对公子白生可能会给予更多的肯定，他那种呆头鹅式的苦读和事业

戏文不仅证明传说的流行，同时戏曲传播也推动了传说流行。

和功名富贵相比，爱情在文人士大夫心中的分量要轻贱得多，为功名舍弃爱情在一定时期内还被看作是很有风范的事。唐代元稹《莺莺传》里的故事就是一个例证。

心，在相当长的历史时代中曾被奉为一种青春偶像。但我总觉得此人缺乏一种生命本体的合理性，他活得太累、太沉重。因为从传说中（至少从戏文中）看，他对凌波仙子也相当倾心，只是因为功名的诱惑，才不得不斩却情丝，怏怏北去。他走得其实并不潇洒。中国的戏文总喜欢在赶考途中弄出点风流韵事来，这是文人士大夫的一种艳情趣味。但同样是赶考途中的艳遇，这里的白生远不如《西厢记》里的张生可爱。张生是轰轰烈烈地爱过一场的，为了爱，他甚至装病西厢，想赖着不走了，什么金榜题名、荣宗耀祖，在两性情感的深刻遇合面前都不值得一提，这是张生的人格健全之处，也是《西厢记》的伟大之处。

文人士大夫以诗酒风流自鸣得意，喜欢随时邂逅一段浪漫的爱情故事，将此称为"佳话"。然而这些女子在他们的生活中永远不会占据主要地位，只是生活的点缀而非目的。

相比于白生的委顿，凌波仙子则活泼泼地敢爱、敢恨，虽然带着一股贵族少女的任性和乖张，却通体放射着生命的光华。她是神，却不甘于神的寂寞和徒有其表的尊荣，她要做她那个世界的卓文君和茶花女，于是她爱上了白生。为了爱情，她不惜褪去自己神圣的灵光，但这一切偏偏不为白生所理解和接纳，而且这个白生还是个可以称为知识精英的文化人。凌波仙子的失望是可以想见的。这种失望不仅在于一腔真情的抛掷，还在于对白生所在的那个世界的否定。既然这个世界如此不通人性、不近人情，既然这个世界的人如此委琐卑贱，既然体现了这个世界最高智慧的文化人都是如此德性，那它还有什么存在的合理性呢？从这个意义上说，凌波仙子的水漫泗州完全可以比之于白娘娘的水漫金山。<u>白娘娘的水漫金山是为了拯救自己的心上人，体现了对人的世界的向往；而凌波仙子的水漫泗州则是为了毁灭自己的心上人，体现了对人的世界的否定</u>。否定有时比向往更为惊心动魄，水漫金山只是一场虾兵蟹将的舞台游戏，而水漫泗州则是实实在在的人间悲剧。

也许我扯得太远了，还是回到泗州来吧。

前些时我在那里采风时，听到不少呼声，都说应该组织力量挖掘埋在地下的泗州城，说意大利的庞贝古城已挖掘了一多半，成了著名的旅游区；又说有多少名流要人关心这件事，甚至联合国都准备拿出钱来资助。对此，我也很觉得振奋。离开泗州前一天，我拜访了当地一位资历很深的老人，老人退休前曾长期担任该地的水利局长和副县长，对古泗州的历史亦很有研究。在谈到泗州城的挖掘时，他相当冷漠地说：挖出来有什么好看的呢？无非几处断墙残壁。那么大一座

通过对比，深化了凌波仙子水漫泗州的悲剧的内涵。

废城，又不是秦始皇墓前的兵马俑，造一间大房子就可以装得下的，还是留在地下让人们想象的好。

老人的冷漠不是没有道理的，冷漠中透出热切的文化意识。设想一下，如果真的花力气把那座地下城展示于光天化日之下，然后圈上一堵围墙，把门售票，变成一处旅游景点，那又有多大意思呢？我们已经见过了太多散发着铜臭和伪文化气息的旅游景点，也见过了太多的挖掘和雕饰，如果那样的话，泗州城也就真的要消失了，消失在年复一年的风化和修补之后，消失在红男绿女们潇洒的步履之下，消失在人们越来越空洞淡然的目光之中，那将是一种怎样的悲哀！

那么，就还是让它埋在地下吧，给人们留下一点疏离感和关于悲剧美的思考。如今的淮上，不见了滔滔洪峰滚滚浊流，也不闻凄风苦雨中报警的锣声，纵目所及，只有牧歌情调的旷野和远方洪泽湖上的帆影。但走在这片旷野上，你分明感到这里的宁静中蕴藏着一股强劲的历史张力，你会把脚步迈得很轻，很轻……

从文章所引《泗州志》来看，州志的记录相当写实、笔墨简省，反观《泗州钩沉》这篇散文，却是感情丰富，场面描画生动震撼，填充二者之间的空白的，正是作家丰富的想象力。

不开发、不介入是一种更高明的保存。

童谣

一

执拗地写下这个题目，是由于一种相当奇诡的文学现象强烈地诱惑着我。一种本来浅显不过的文学小品，在穿越了漫漫的历史时空后，却变得最为艰深晦涩。这有点类似于古董，由于年深日久的沉埋和诸多的附会传说，使得原先的寻常器物笼罩着一层神秘的灵光，后代的学者们一边小心翼翼地剔去深黑色的尘垢，一边为之争论得面红耳赤。

在作者的情感意识里，童谣应该是一种天真浪漫的存在，而翻检历史上童谣的传播与接受，却发现它面目含糊、艰深晦涩。情感与事实的反差引发了作者的思索与探寻。

其实那些满腹经纶的学者只要稍稍温习一下儿时的记忆，就不至于那样偏激固执；或者稍稍把目光移向书斋外面的草地和天空，也不至于把学问做得那样艰深。童谣，从老祖母那苍槁的皱纹间流出来，晃入摇篮中玫瑰色的梦境；童谣，在春日的原野上嫩嫩地飘荡，随着金黄色的风筝在蓝天下愉快地飞升；童谣，和村路上的铁环一起滚动，和深巷里的空竹一起鸣响，和芦笛、积木、雪人、蒲公英共同撑起了一片童真无邪的天地。

这就是童谣，一种具有相当通俗性和随意性的乡音俚调，今天，当我们重新审视它时，为什么竟会产生浩瀚的疏离感，令书斋里的学者们如同捉摸镜花水月一般呢？

二

这实在是中国文化史上一种十分有趣的现象：越是下里巴人的"低幼文学"，越是浸淫着浓重的政治色彩；倒是在上流社会施政弄权的殿堂里，飘散着纯艺术的笙歌舞影。即使在朝廷发布的煌煌文告中，也会出现几句非政治性的温言软语。纵观中国古代的童谣，在明代以前，几乎全是硬邦邦的政治宣言，与儿童生活简直毫不相干。这些宣言大都气可吞天，或昭示王朝盛衰、天下兴亡；或预言五行灾变、宦海沉浮，无不具有先验的精确性。丽日蓝天下黄口稚儿的烂漫吟唱，变成了神神鬼鬼的政治预言，有如巫师阴森森的谶语一般。

《国语》中记载的这首童谣，一般被认为是中国童谣的滥觞之作，在中国文学史上，能够与它比"老资格"的，恐怕只有《诗经》中的少数

文化与政治、文化与历史之间有着不可小觑的联系，尤其是那些通俗文化，它们反映的往往是时代性的问题与历史性的规律。

篇章。当然，它也是一则政治宣言：

《列子·仲尼》记载着一则关于帝尧的童谣："立我蒸民，莫匪尔极。不识不知，顺帝之则。"寄托了人们安享太平的政治理想。《国语》中的这首童谣的产生则是为了敲打那些作威作福的"肉食者"。

> 檿弧箕服，
>
> 实亡周国。

稍微翻译一下，就知道不大妙了，那卖桑木弓和箕箭袋的人，就是将来使周国灭亡的人。这据说是周宣王时的童谣，周宣王在位凡 46 年，而西周的灭亡则是在周幽王十一年，自然是这十几年以至几十年以后的事了。这样的预言实在令人不寒而栗，难怪周宣王听了以后十分害怕，马上下令把卖弓箭的夫妇抓来杀了，但他忽视了夫妇俩收养的一个小女孩，这女孩叫褒姒，长大以后出落得很漂亮，被进贡给周幽王，大得宠幸。后来的情节大家都是知道的，特别是"烽火戏诸侯"的故事几乎成了一则意蕴宏远的寓言。西周王朝灭亡了，灭亡在宠妃的展颜一笑之中，灭亡在失信的烽火台下，灭亡在一场堪称旷世奇闻的玩笑之后。而那个带着神秘色彩的叫褒姒的女人，则成了中国历史上"女人祸水论"的典型例证。

江山社稷的安危总是和女人联系在一起，商有妲己，周有褒姒，唐有杨妃，后世更是层出不已，史书酿成多少红颜的千古奇冤。

"历史上亡国败家的原因，每每归咎女子，糊糊涂涂的代担全体的罪恶，已经三千多年了。"鲁迅的这段考证大致不差，作为一个古老的母题，"女祸论"一直被演绎了数千年。封建时代的史家大抵不敢骂男人——因为男人是手掌杀伐、独断乾纲的皇帝，故只有诋谤女人的胆量。一座座王宫圣殿在妖姬美后的石榴裙下轰然崩塌，这是他们笔下相当习见的画面。在那种义愤填膺的鞭挞背后，其实是很有几分势利味的。

对于那首判词般的童谣和"烽火戏诸侯"的寓言，历代的帝王大抵各有各的想法，比较清醒的雄主会悟出只能自己玩女人而不能被女人所玩的警世哲学，于是在掖庭竖一块"后妃不得干政"的铁牌；嗜杀者则不屑于当初周宣王的妇人之仁，以至留下了亡国的祸根，于是动辄株连灭族，一人得罪，鸡犬遭殃；有的或许还会从军事角度反思烽火报警的弊端之类，把宫城的围墙一再加高。但不管是谁，有一点感受却是共同的：既然一个王朝最后的结局，竟如此精确地传唱于若干年前的儿童之口，可见这童谣传递的是不可抗拒的天命；既然童性是一种天真，那么童谣就是一种天籁，童心无邪，童言无忌，清风朗月般撩开冥冥上苍的面纱，透露出其中极神秘的一颦一嚬，这就是天机。于是，在黄口稚儿们信腔野调的传唱背后，往往是血雨腥风的战乱和天崩地坼的政治更迭。一顶顶皇冠落地，一座座朱门坍

在众多"势利"的男权话语之中，李商隐《马嵬》诗云："此日六军同驻马，当时七夕笑牵牛。如何四纪为天子，不及卢家有莫愁。"将批判的锋芒直指唐玄宗，这份见识与胆魄显得格外珍贵。

流传广泛的童谣反映的是人心向背，"怨不在大，可畏惟人"，民心主宰着政治兴衰的走势，也正因如此，一个朝代才会在孩子们天真童谣的预言里摇摇欲坠，一代君王才会在朗朗儿歌声中惶惶不可终日。

塌，昔日人上人的权贵顿成刀下之鬼，"王侯第宅皆新主，文武衣冠异昔时"，这不能不令历代的统治者为之胆战心惊，即使是那些不可一世的暴君，在一首童谣面前也会失却强悍的心理支撑，终日彷徨在不绝如缕的末世悲音之中。

隋大业九年（613 年），隋炀帝杨广下扬州时，听到迷楼宫人夜唱歌谣。那天晚上的月色大概不错，宫女的吟唱凄清婉转，飘缈于冷月清辉之间，仿佛来自高远的天宇。炀帝心头一惊，不由得披衣起听：

河南杨花谢，

河北李花荣，

杨花飞去落何处，

李花结果自然成。

杨广觉得歌词很蹊跷，特别是"杨花谢"和"李花荣"似乎有所影射，当即召问宫女，宫女答道："我有个弟弟在民间，听路上儿童会唱此谣。"也就是说，这是一首广泛流传的童谣。

炀帝听了，黯然无语，挥挥手让宫女出去了。

隋炀帝的荒淫残暴早已成为历史的定论，有

通过想象，营造了一种奇异凄迷的氛围，为童谣的出场作铺垫。

"广泛流传"是击垮杨广的关键，它代表着一种大势所趋、不可抵挡的力量。

关他下扬州看琼花的传说人们也肯定相当熟悉，那完全是一个末代暴君穷极奢华的大游行。但我一直认为这中间有不少附会的成分。举一个例子，扬州北面有个叫枯河头的地方，传说隋炀帝下扬州经过这里时，适逢河道干涸，只得用稷子拌了香油铺在河底，两岸以童男童女拉着龙舟划过去，所以当地至今流传着"隋炀帝下扬州，稷子拌香油"的民谣。又说，1951 年治淮时，曾于枯河头两岸挖出数石稷子，可谓言之凿凿。但这种传说的真实性实在大可怀疑，稍微有点物理常识的人都知道，仅凭稷子拌香油和几队仪仗似的童男童女，是绝对不能陆地行舟的。更何况是那种高敞豪华、有如水上行宫似的御用龙舟。这完全是一种相当浪漫的夸张。<u>但夸张也有它极强的选择性，之所以选择了隋炀帝，自然是由于他作恶太多，名声太坏的缘故。</u>

其实杨广这个人倒并不是一无是处，即使在女人问题上，他也还是有原则的。例如，尽管他后宫里秀色如云，但对自己的老婆萧皇后一直很不错。这个萧皇后即南梁昭明太子萧统的曾孙女，后来她和丈夫合葬于扬州，这种终结性的造型颇有点比翼连理的意味。又例如，杨广带兵消灭了陈，把陈叔宝和他的宠妃张丽华从台城后面

民间传说代表着百姓的情感倾向，"隋炀帝下扬州，稷子拌香油"的童谣反映着老百姓对最高统治者穷奢极欲的确认与想象。

的枯井里吊上来（这口井后来称为胭脂井）。这个张丽华无疑是只超级花瓶，不然陈后主也不会迷得那样神魂颠倒的，把江山都丢掉了。但杨广并不曾为美色所动，照样把那颗倾国倾城的头颅砍了下来。晚唐诗人李商隐有一首题为"隋宫"的七律，自然是谴责炀帝的，末两句讥讽道："地下若逢陈后主，岂宜重问后庭花?"其实，同是亡国之君，两人谈谈《玉树后庭花》倒也无妨，杨广并没有把别人的老婆夺过来自己消受，他的心态会比较坦然。

民间歌谣和文人诗歌对于杨广之恶有着同样的判定与体认。

杨广的败亡，很大程度上应归咎于好大喜功。他这个人喜欢耍派头，而且思想方法相当主观，是个典型的唯意志论者。几次征高丽，动辄发兵数十万，耗费无数，又死了那么多人，完全是意气用事，没有多大意思。也许在他看来，耀武扬威地发动一场战争和浩浩荡荡地下扬州游玩一样，都是一种排场。史载的有关他淫乐的轶事，可以说大多与排场有关，与其说他玩女人，倒不如说是玩排场，玩阔气，玩万物皆备于我的帝王派头。在铺张无度赫赫扬扬的背后，恰恰隐潜着一种暴发户的畸形心态和肖小人格。

揭示出杨广之恶的本质是一种小人得志的膨胀。

但就是这样一个自大狂，在那个清风明月的

晚上，在一个宫女清音袅袅的吟唱面前，却显得那样孱弱委顿。一首童谣，便摧垮了他那由传国玉玺和10万狻猊环护的精神圣殿，摧垮了那个曾率领50万大军踏平南朝的威风八面的英武杨广，那个在喧天鼓乐和蔽日仪仗下潇洒南游的风流杨广，那个在中国历史上以残暴著称的嗜血杨广。这童谣无疑也是一首谶诗，暗示着杨隋当灭，李唐当兴。大概也就在那天晚上，杨广和老婆揽镜自照，抚着自己还相当丰润饱满的脖颈，说了那句被传为千古笑谈的伤心话："好头颅，谁当斫之?"他已经预感到大厦将倾，脚下是断头台的基石了。

前面对杨广好大喜功种种事迹的渲染都是为了反衬他此时的孱弱无力，从而进一步凸显童谣非比寻常的魔力。

三

写到这里，我们不能不惊叹童谣那种天人合一的预示性，这种预示宏大得有如宗教。但毋庸讳言，我们也难以掩饰某种失望，因为我们很少体味到那份本应有的童趣和天真，映入耳鼓的，似乎不是黄口稚儿嫩嫩的吟唱，倒更像历史老人深沉的警喻。须知天真是不能仿效的，那是一种混沌而澄澈的境界，它只存在于儿童和原始人类之中。天真是什么呢? 天真是一种无拘无束的娇憨，有如幼儿在母亲膝下随心所欲的嬉戏；天真用比喻、排比，将"天真"的美好曲尽形容，强调了天真的超功利、绝对自由的属性，从而揭示了为什么在童谣中很少体味到天真的原因——政治功利性对童谣的粗暴浸淫。

是一种毫不做作的神韵，有如袅袅炊烟穿过夕阳的余辉，交织成令人心醉的瞬间辉煌；天真是一种自然吐露的芳艳，有如花苞在潇洒的春雨中懒懒地开翕；天真是一种神游八极的宁谧，有如农夫在田头垄间打盹时，悄然闯入的一个有关收获的梦。在这里，无论是幼儿、炊烟、花苞还是梦中的农夫，都是绝对自由的，而一旦表层环境迫使他们趋附于种种实利性的时候，天真也就渐渐走向黯淡。

很遗憾，我们从这些童谣中恰恰看到了客观环境的巨大阴影，这就是政治功利对童谣的粗暴浸淫。

在隋炀帝缢死迷楼之后大约 300 年，五代时的吴国又流传着一首似曾相识的童谣：

江北杨花作雪飞，

江南李树玉团枝，

李花结子可怜在，

不似杨花无了朝。

现在可以肯定，这童谣是一场政治阴谋的组成部分，阴谋的策划者即南唐的开国之君李昪。

对一般于中国历史涉猎不广的读者来说，李

昇的知名度恐怕远不及他那个孙子李煜。李煜虽然治国无方，却文采瑰丽，特别是词写得相当漂亮，简直玩绝了，仅一句"问君能有几多愁"，便足以雄视千载，让那些向来傲气十足的文人不敢轻狂，打心眼里折服。他又命途多舛，历经了国破家亡的剧痛，最后被赵光义用牵机药毒死了。一个在漫天风雪中仓皇辞庙的薄命君王，一个在降王官邸里终日以泪洗面的末代国主，一个在牵机药的折磨下如猪狗般满地翻滚的卑微之躯，却当之无愧地维系着一顶"开山词宗"的辉煌桂冠，这不能不激起人们深沉的同情。而作为南唐的开国之君，李昇的作为则要轰轰烈烈得多，当然，他不像乃孙那样书卷气。一般来说，中国历史上的开国帝王都不是什么大知识分子，有大学问的倒往往不能得天下，因为他们太理性，缺乏那种必不可少的强梁霸气。相当多的开国帝王都是初级文化水平，他们书也读了一点，虽然不多，却很管用。《史记》中的一句"王侯将相宁有种乎"或"彼可取而代之"，便足够用一辈子的。他们有着绝对的心计和谋略，必要时还会装孙子。对于书读得比自己多的人，他们也很看重，尽量搜罗到自己帐下，或帮闲，或帮忙，或帮凶，暂时什么也帮不上的就先养起来，

宕开一笔，从读者熟悉的人物写起，使文章更亲切，更易引发读者阅读兴趣。

知识分子富有智慧，能够深谋远虑，却也容易瞻前顾后，缺乏杀伐决断的行动力。而这种决断力却正是开国帝王必不可少的品质，唐朝诗人章碣有诗句云，"刘项原来不读书"，楚汉争霸的两位主角——汉高祖刘邦和西楚霸王项羽都不曾饱读诗书，说的正是此理。

逢年过节请他们来喝喝酒，赋赋诗，自己也胡诌几句口气很大的顺口溜，这叫礼贤下士。当然，宴会一散，少不得要派密探去，打听这些文人回家有没有发什么牢骚。

李昪是小和尚出身，读书不多，当然算不上文人。这种人要么就当奴才，要么就野心大得很。李昪向往的是当皇帝。在他篡国夺位的过程中，充满了神神鬼鬼的怪异现象，大抵都是那些帮忙的文人捣鼓的结果。一时大江南北鬼事不断、鬼话连天，无非作为上天垂示的符瑞，以证明李代杨政是符合天意的。上文所引的童谣就是在这样的背景下出笼的。乡风熏人，市声杂沓，童谣抑抑扬扬地隐现于其中，显得相当和谐。上朝或出巡归来的李昪听在耳里，或许会受到一种跃跃欲试的鼓舞，他踌躇满志地握了握腰间的宝剑。策马前行时，思路却变得晦涩幽深：这些舞文弄墨的文人，鬼点子真多，日后自己当了皇帝，可要防着他们点呢。而对于天真无邪的儿童来说，他们肯定会觉得这歌谣唱起来不那么有劲，不如"小老鼠上灯台，偷油吃下不来"那样有滋有味，因此，唱过一阵之后也就淡忘了。政治功利性太强的文学，命运大致如此，实用的轰动效应一过，便成了明日黄花。过了若干年，一个满脸皱纹的史官坐在书案前，对着这首曾流行过一阵子的孺子歌沉吟少顷，濡濡笔把它录进了《艺文志》。

史官之所以要沉吟一番，大概是对童谣进行了某些修改。这不是我的主观臆断，因为仔细看看，这种修改的痕迹依稀可寻。童谣的后两句"李花结子可怜在，不似杨花无了朝"，说的是杨、李两家后代子孙的命运，语气中似乎流露出某种对杨家的同情。作为一首由李昪授意炮制的"遵命文学"，这样的倾向性是不可思议的，而且炮制者当初也不可能预见到日后两家子孙的命运。在这里，后人以相当隐蔽的曲笔，塞进了对李昪的道德批判。李昪从一个流浪的孤儿到权倾朝野的统兵辅臣，很大程度上得力于杨行密的栽培。后来他权位日隆，有了取而代之的意思，又是杨家主动禅让的，双方并不曾伤和气。但李昪登基以后，却毫不手软地对杨家举起了屠刀，连已经成了自己女婿的杨琏也不肯放过。第一轮屠杀过后，又迁杨氏"子孙于海陵，号永宁宫，严兵守之，绝不通人，久而男女自为匹偶，吴人多哀怜之"，这种迫害简直到了毫无人性的程度。显德二年，到了他儿子中主李璟手中，又把这一群活得如猪狗一般的杨氏余脉全杀了。平心而论，在当时大分裂的中华版图上，南唐帝国的"三千里地山河"是治理得相当不错的，因此，发生在10世纪中期的李代杨政，无疑是一次历史的进步。但李昪对杨家的处置是不是过分残酷了点呢？说到底，在政治斗争的祭坛上，道德只是一盘不很起眼的牺牲而已。

现在我们终于看到了，原来在好多童谣的背后，隐潜着历朝历代的杜撰、篡改、附会和张冠李戴，在这里，真正的大手笔是政治斗争。因此，如果我们想到这中间去寻找天真，结果只能是缘木求鱼。这样的童谣可能写得相当精巧、流畅，并不缺乏节奏感和音乐美，却绝对找不到那种心灵自由勃发的天真。翻开一本《中国古代童谣史》，那感觉便如同抚着历史老人脸上的皱纹，上下数千年，中华大地上一幕幕连台好戏翩翩而来。

且看，"苦饥寒，逐金丸"。一幅多么令人惊心动魄的游猎场面！背景是如日中天的汉王朝，卫青和霍去病的大军正横扫漠北，令骄横的匈奴退避三舍；司马迁正值壮年，拖着残缺的男儿之身在陋室里编撰《史记》；宫廷里歌舞正浓，李夫人的舞姿令皇上如痴如醉；而被冷落在一旁的陈皇后则以千金贿请大才子司马相如为她代写

《长门赋》。汉武帝确实雄才大略，文治武功都极一时之盛。也唯其雄才大略，才会头脑发热，干出许多荒唐事来，于是有了他手下的那些人用金弹丸打鸟的奢华，而千百万子民百姓则在饥寒交迫中挣扎。

且看，"犁牛耕御路，白门种小麦"。这是历史上的南朝，色调是柔靡的，四百八十寺的禅味和野花的香气扑面而来。昭明太子一边在山寺里编撰《文选》，一边和红豆院里的小尼姑演绎一幕幽怨的爱情故事。陶渊明田园诗的墨迹未干，谢朓和谢灵运又用山水诗开创了一代风气。而陈后主和宠妃们则在深宫里点着节拍唱《玉树后庭花》。南朝文风腾蔚，但统治者亦大多庸懦无为，只会作些雕琢文辞的勾当，王朝的更替便如走马灯一般，权势和荣华转瞬即逝，无可奈何的挽歌中透析出黄钟大吕般的历史辩证法。

从这首流露着黍离之悲的六朝童谣里，可以看到那个时代的颓唐萎靡。

且看，"红绿复裙长，千里万里闻香"。中国历史上唯一的女皇帝武则天出场了，她一手高举铁鞭，无情地镇压自己的政敌，一边却忘不了把自己妆扮得更富于女人味。这件"女皇服"大约相当于今天的百褶裙，只是更长，所用的香料也很值得研究，在当时肯定是领导新潮流的。这是一个铁血专制的时代，又是一个思想相当解放的

一句童谣将女皇明艳逼人、君临天下的气势生动概括。

时代，女皇的所作所为无不显示着反传统的魄力。在她的身后，陈子昂正登幽台而泫然高歌，而云蒸霞蔚的盛唐气象已经喷薄欲出了。

终于有了"石人一只眼，挑动黄河天下反"，"早早开门迎闯王，闯王来了不纳粮"。中国可以说是农民战争最频繁的国家，一部《二十四史》，关于"流寇"和"乱民"的记载处处可见。起初是由于苦难，忍无可忍而奋起反抗，光脚不怕穿鞋的，仗看来打得相当顺手。待开辟了一片天地以后，便盘算着自己当皇帝了。他们中大多数人自然都没有当上皇帝，只是成了人家走向金銮殿的垫脚石。于是，新的一轮王朝又在农民战争的废墟上建立起来，中国历史在周而复始的磨道上重新开始。

无论是元末韩山童、刘福通领导的红巾军起义，还是明末李自成领导的农民起义，都利用符咒图谶这种迷信手法给自己披上合乎天理的外衣。

四

如果我们以一种更深邃的目光去凝视，或许还能发现点别的什么。

《南史·陈武帝纪》中有这样一首童谣：

除了政治视角，还可以从社会文化视角来开掘童谣的内涵。

房万夫，

入五湖，

城南酒家使房奴。

这个陈武帝即陈霸先，童谣记载了他在作为梁国司空时的一段战功。公元556年6月，陈霸先率梁军大破北齐，战后，梁军挟得胜之威把齐国的百姓也当作战俘抓来，连同被俘的齐国官兵卖给有钱人家为奴。因此，在太湖流域一带的酒家，当奴隶的北方俘虏特别多，店老板用吴侬软语呼斥着粗黑高大的齐鲁汉子，这在当时的江南地区大概是相当习见的社会风俗画。

人们由此可以得出战争给人民带来巨大灾难的结论，也可以从中窥觅陈霸先的发迹史，这都不失为一种研究方法。但，是不是还有别的视角呢？

至少，研究中国社会史分期的学者们应当对这首童谣投以多情的一瞥，例如一直在这个领域中寂寞地坚守的周谷城先生。

中国封建社会开始于春秋战国之交，这已是史学界的一种定论，持此观点的主要代表人物是郭沫若。这种论断又因得到毛泽东的推崇而带有某种"钦定"的性质。毛泽东本身就是学者，他的浪漫气质决定了他不会因政治信仰而压抑自我，也不会让个性消溶于革命原则之中，对学术问题发表自己的观点本来是他无可非议的自由。

小童谣里包含着历史的大秘密，善于发掘的人可以从各个角度获得自己需要的历史线索。

但中国的国情似乎不允许一位政治巨擘有这种自由，因为他一讲话，论争只得就此打住，一切都成板上钉钉的了。这恐怕不仅仅是中国学术界的悲剧，也是政治家们个人的悲剧。就像一个无敌的拳师站在擂台上，形单影只，四顾茫然，该是何等的寂寞！失去了参与学术论争的自由，这不能不是一种人格的残缺。按照毛泽东"钦定"的分期说，中国的封建社会从公元前11世纪到鸦片战争的1840年，差不多有3000年时间，这在世界史上相当罕见，当然也足够学者们作文章的。

但周谷城作的文章却与众不同，他不认为中国封建社会特别长。老先生大笔一挥，把中国封建社会的开端推到东汉后半期，这样，封建时代到1840年一共只有1600年左右；而中国奴隶制时代的种种特征，也可以同世界古代史上其他文明古国大致吻合。否则，奴隶制变得既短促又空虚，在世界古代史上就成了一种反常现象。老先生的推论相当有意思：

> 中国奴隶制时代约2400年，比1600年的封建时代长，这样比例就相称了。因为社会发展史上各阶段的长短，有一定的比例，

用比喻的写法，形象地写出了高处不胜寒的人格困境。

前一段必比后一段长，后一段必比前一段
短，这大概是生产进步的迟速决定的。

一部纷纭繁复的人类文明史，数千载惊心动
魄、生生死死的活剧，二十四史中林林总总的战
争与和平，阴谋与爱情，文治与武功，竟化作了
比例尺下一截被量度的标本，你不能不惊叹这种
气魄。这种气魄固然来自一名学者的自信和良
知，恐怕也与他和毛泽东的私人交谊不无关系。
他们是几十年的老朋友了，青年时代在长沙第一
师范时就经常抵足而眠，如今在学术观点上有点
抵牾，想必老朋友不至于"龙颜震怒"的。

周谷城在比例尺下量度中国社会史时，有没
有注意到流行于南朝的这首童谣呢？到了公元 6
世纪中叶，奴隶市场仍然如此兴盛，这恐怕不能
不引起一位历史学家的关注。须知这不是在某个
闭塞的世外桃源，而是在经济发达、文化昌明，
领全国风气之先的江南地区；也不是少数人的偶
然行为，而是得到最高统帅部首肯的一场有组织
的劫掠和买卖。周谷城把中国奴隶社会的下限定
在公元 2 世纪中叶，而梁军大规模的奴隶交易则
发生在公元 6 世纪，相去不算很远。一种社会制
度消亡以后，在相当长的一个历史时期内阴魂不

散以至于沉渣泛起，这是不难理解的历史现象。

那么，中国的封建田园又是怎样一番景观呢？

这是一个闭塞的小农世界，历史的车轮在泥泞的田埂上消消停停地碾过，周围是恬静平和的乡村牧歌，男耕女织，乡音媚好，日出而作，日落而息，这是一首令人安贫乐道、知足长乐的田园诗。怨言尽管有，但不到饿死人的时候，是绝不会造反的。人们似乎也不想出去看看外面的世界。"在家千日好，出门一时难"，出去干什么呢？普天之下，莫非王土，到哪里也不会有什么两样的。

但外面的世界就是不一样，终于有了这样一首童谣：

使用反转的手法，将前面着力渲染的安土重迁的传统一笔推倒，让闯荡的行为显得独特而可贵。

> 风车忒忒转，
> 番鬼扒龙船，
> 龙船扒得快，
> 好世界……

这是一幅相当惊险的偷渡画面：一群东南沿海的农民冲破朝廷的海禁，到南洋去寻找理想中的"好世界"。

时代已经到了清朝中期，无论是根据郭沫若还是周谷城的分期说，这时候中国的封建社会都已经日薄西山了。背负着古老的中华文明，偷渡者走向海洋，他们的脚下不再是祖祖辈辈赖以安身立命的黄土地，而是大海，那浩瀚恣肆、风波奇诡的大海。大海不像土地那样安稳坚实，却充满了令人憧憬、令人心旌摇荡、令人跃跃欲试的动感。这是一则关于漂泊和远航的传奇，基调似乎有点悲怆，极目天涯，云水苍茫，何处才是生命的支点？这里没有怯懦者的方寸之地，风险无边，回头无岸，深渊就在脚下，你只能使出浑身解数去拼搏。这里的景观又是那样瑰丽而辉煌，波诡云谲，风涛接天，连日出日落也不像在村头看到的那样单调乏味。

与前文关于历史分期的内容形成呼应，体现出章节内在的逻辑联系。

通过环境的渲染和真切的想象，用细腻的笔触写出了"番鬼"们第一次踏入新世界的那种既恐惧又憧憬的复杂心理。

这群扒龙船的"番鬼"是一批冲出传统心理框范的叛逆者，他们脑后拖着一条长辫子，用粗犷的呐喊唤醒了那片陌生的处女地，用固有的精明和八方商贾应酬周旋。他们不是从经济学的辞典上，而是从日积月累的实际操作中熟谙了这些新鲜的概念：投资、开发、剩余价值、再生产，虽然这种熟谙不一定表现在口头上。终于有一天，他们或许觉得脑后的那根长辫子太碍手碍脚，便操起割胶刀或裁制账册用的剪刀一把斫将去。这在国内是要犯天条的，但这里是南洋，中国的皇帝管不着。望着眼前无际无涯的大海，朝廷那土黄色的龙旗已变得相当遥远而淡漠，有如一个依稀的旧梦。当然，也有人不肯斫去，他们还想着攒了一笔钱回国，买几顷好田，讨几个小老婆，用围墙圈起一块庄园，过悠游自在的小日子。到那时，没有辫子可是要砍脑袋的。

　　毋庸置疑，在这批远涉重洋的拓荒者及其后裔中间，将走出一批眼界高远的杰出人物。正因为有了这一批扒龙船的"番鬼"，才有了后来的洪仁玕、康有为、陈嘉庚、宋耀如（以及他那三个在很大程度上影响了中国现代史的女儿），甚至还有当今鼎鼎大名的工商巨子霍英东和包玉刚。诚然，他们大多是因为生计所迫而出走他乡的，他们在南洋的境遇也并非一帆风顺，但他们毕竟走出了这个闭关自守的农业王朝的围墙，呼吸到了海洋文明澎湃的气息。其中有些人，则以那里为中转站继续漂泊，去了西欧、北美，去了世界的每个角落。你可以说他们走向了风险和苦难的深渊，也可以说他们迈进了一个新世纪的门槛。我们应该感谢这首童谣，它记载着中国近代文明的一批拓荒者——这群勇敢的"番鬼"。

　　当中国南方乡村的稚童们相当投入地高唱

这批拓荒者不完全是为了逃难，所以也就没有像惊弓之鸟一样的哀怨情绪和亡命天涯的心态，他们更多的是怀着美好的梦想出发的。

"好世界"时，在北京的一座座王府里，官员们正一边斯文地品茶，一边摇头晃脑地欣赏着徽班名角的清唱。他们无疑都是此中内行，这一点只要从他们拊掌击节的韵律中便可以看出来。偶尔谈到中国以外的地方，则一律从鼻孔里哼出一个"夷"字，毫不掩饰心底的鄙薄。差不多与此同时，在广东乡间的某个地方，一个叫洪秀全的青年正在悄悄地组织"拜上帝会"，用不着细读纲领，仅从这个名称就可以体味到那种浓重的西方文明色彩。洪秀全本人并不是"番鬼"或者其后裔，但是在广东一带的城乡，南风大渐，新思潮排闼而入，作为青年知识分子且有志于改革现实的洪秀全不能不心驰神往。若干年后，孙逸仙博士鼓吹革命，一次又一次地在黄土地上碰得鼻青眼肿，只得一次又一次地亡命南洋。但正是这一次又一次的亡命，使得他眼界大开，信念也更为执着。南洋，有如一座庄严的宗教殿堂，一代伟人从这里走出来，每一次洗礼，都在中华古国激起血与火的回声。

一个天崩地坼的日子已经为期不远了。

除朱元璋而外，中国历史上的造反者都是从北方挥戈南下而成就一统的。但翻开近现代史，情况不同了。"乱党"几乎全都起事于南方，这恐怕绝非偶然。八面来风正是通过南方的窗口呼啸而入的，这里的椰林和草泽自然比其他地方苏醒得更早。早先的一些革命党人，从孙中山、黄兴到汪精卫、胡汉民，无不与南洋有着千丝万缕的联系。但有意思的是，恰恰是两个与南洋无关的人，后来成了大气候。这两个人，一个叫蒋介石，一个叫毛泽东。蒋介石还到日本学过几天军事，算是开过洋荤的，毛泽东则从来就是钻在山沟沟里的，1949 年以前从未走出国门一步。然而在大半个世纪的历史进程中，叱咤风云的正是这个从山沟沟里走出来的湖南人，这实在是一个很值得玩味的现象。

看来，中国的事情太复杂了，从来没有一条简单的公式可以套用。

五

要一点小小的机智，发挥汉文字特有的比兴、谐音、隐喻等技巧，把政治性的微言大义隐入其中，这样的童谣，大人们听得腻了，孩子们大概也唱得腻了。

那么，就没有真正的童谣么？

有。皇天后土，白云苍狗，在逶迤绵长的中华文明史上，孩子们传唱得最多的恰恰是这样的

在大手笔的历史钩沉中插入一句清丽的自然景观，犹如清风拂面，说理生动新奇。

和第四部分开头关于历史分期的质疑遥相呼应，章法上大开大合，令人称奇。

对众多带有历史秘密的童谣进行解密之后，本章回到文章一开始对童谣的期待之中，探寻那些童真无邪的真正的童谣。

童谣。但今天我们寻找和辨认它时，却不得不仔细地擦去历朝历代人为的涂抹，还其童稚无邪的笑靥。例如这一首：

的的确，买羊角，
秋风转，脱蛇壳。

一看便知道，这是一首标准的低幼童谣，一首极富儿童情趣的趁韵歌。应和着"的的确"的节奏，你那深潜在心底的关于童年的记忆，便有如淡淡的晨雾弥漫开来。那是在某个炎夏的夜晚，玉盘一般的月亮从树梢升起，泻下一片清辉，衬里的大人们在纳凉聊天，孩子们则三五成群围成一圈，奶声奶气地唱起"的的确"。或是在初春的屋檐下，艳阳温煦，树影婆娑，年轻的母亲握着怀里宝宝的小手，一字一句地领唱"的的确"，这情景会令人想起"牙牙学语""蹒跚学步"之类体现生命历程的词语。"的的确"是母亲的爱心在跳荡，"的的确"是童心自由烂漫的天地。在"的的确"和谐悦耳的节奏中，多少稚嫩的生命跟跟跄跄地走出了混沌。童谣采用了顶针续麻的手法，这样的文字游戏，对刚刚开始学习语言的幼儿，可以起一种发音和语言训练的作用。你

通过满溢温柔的想象，绘声绘色，还原出一片诗情画意、天真浪漫的童谣吟唱画面。

无须深究每一句歌词的实际意义，也不必寻找歌词之间内容上的联系，因为这完全是一种趁韵的需要。例如"秋风起，脱蛇壳"，你若看成有实际意义的传授知识当然未尝不可，但当成一种并无相关意义的词语教育也是讲得通的。这就是童谣，黄口小儿顺口诌出的东西，不必太认真。

偏偏太认真的大有人在。就是这首区区12个字的儿歌，却让历代的不少文人学士大伤脑筋，他们搜肠刮肚，咬文嚼字，整天拿着放大镜在每一个笔画间寻找微言大义。功夫不负苦心人，终于有一个叫史梦兰的清代学者考证出这是一首祝颂举子的歌谣。据他在《古今风谣拾遗》中讲："'的确'，不易也；'羊角'，解也。"意思说，一个举子要中解元，的确不容易，就像秋天的蛇一样，要脱一层皮才好。多亏了我们的汉字有这样神奇的造化之功，能让你像玩积木一样地分解组合。也多亏了这位老先生学富五车，竟然把一首浅显的儿歌附会得这样熨贴圆通，很像那么回事。此公很可能是位范进式的人物，所以才有这样铭心刻骨的科场体验，并能在做学问时融会贯通。

比较而言，这种考证也许不算太牵强，下面这首童谣的遭遇就更复杂一些了。

张打铁，李打铁，

打把剪刀送姐姐，

姐姐要我歇，我不歇，

我要回去学打铁。

不难理解，这里的"张打铁，李打铁"，只是为了传唱的方便而顺口诌出的，犹如人们口语中的"张三李四"一样，并非实指姓张、姓李的铁匠。这4句是"起兴"，正文从"打铁一，苏州羊毛好做笔"开始，一直唱到"打铁十，十个癞子戴斗笠"。最后又唱道：

打铁十一年，拾个破铜钱，

娘要打酒吃，仔要还船钱。

纯粹是一种文字游戏，但玩得极富于情趣，其作用在于对幼儿进行从1到10的计数教育，并联系幼儿熟悉的日常生活材料进行语词训练及简单的知识灌输。但"打铁十一年"以下4句，却不经意地展示了基层劳动群众的生存状态。打铁11年，只"拾"到一只铜钱还是"破"的，这是多么惊心动魄的悲哀！而就是这个破铜钱，娘儿俩

即便是纯粹的童谣也可能在不经意中透露一个时代生活的秘密，但是这种透露更加自然、真实、动人。

还在如何使用的问题上发生了争论，这种争论是一种贫困的窘迫和申诉，最终没有结果的争论透出一股苦涩而悲怆的余韵，着实令人心酸。如果一定要说童谣有什么政治或社会的深文大义，那么，这种真切而自然的流露难道不比那些箴言式的说教更加震撼人心？

同样是文字游戏，文人学者们却要玩得艰深冷拗得多，他们神游八极，穷极才思，一定要把一首小儿歌谣和浩浩茫茫的中国历史对应起来。他们竟然得出了这样的结论，从"打铁一"到"打铁十"，"均暗兆顺治以后年号"，理由是自顺治以始，到清朝灭亡正好经历了10代。我曾经为这种想象好一阵惊叹，但一查，不对了，早在明人李介元的《天香阁随笔》中，便已经有了关于"张打铁"的记载。李介元是天启年间人，这几首儿歌的诞生年代或许更早，以明代以前的童谣讲清代的历史，只能是痴人说梦。如果说这是一种预示，一种天人感应，那么，清朝总共只有10个皇帝，"打铁十一年"又将何以解释？

于是又想到起兴的"张打铁，李打铁"，民间普遍认为，这是暗指明末起义领袖张献忠和李自成，这种附会可能有别于士大夫文人的繁琐考证，而是寄托着人民群众的某种情绪。"自古英

民间传说即使有穿凿附会之处，也一定和自己的生命遭遇相感相应，才会有感而发，情愿相信。

雄多袖手，留将恨事与千秋"，对敢于反抗而牺
牲了的英雄，人们怀念他们，所以总要杜撰出几
首诗或几则传奇来显示他们的存在。甚至连毛泽
东这样坚定的唯物主义者也难免感情用事，他在
《明史纪事本末·平河北盗》一文的最后批注
道："吾疑赵风子、刘七远走，并未死也。天津
桥上无人识，闲依栏杆看落晖，得毋像黄巢吗？"
赵风子、刘七和黄巢都是历史上的农民起义领
袖，失败后或被杀，或自杀。《毛泽东读史》的
作者张贻玖认为："'天津桥上无人识，闲依栏杆
看落晖'的诗句，蕴含着毛泽东对这几位农民起
义领袖失败后的几多同情。"其实，以毛泽东的
博学强记，不可能不知道"天津"诗的来龙去
脉。这是元微之《智度师》中的句子，被后人窜
易磔裂，合二而一。既然一代伟人可以容忍这种
一厢情愿的"张冠李戴"，那么普通民众把一首
儿歌中打铁的"张三李四"附会成自己怀念的
"张三李四"，也就是可以理解的了。"张打铁"
是一首湘中童谣，作为湖南人的毛泽东小时候有
可能唱过，当他从老辈人那里接受这种"张冠李
戴"的附会时，历史上那两个敢于"杀尽不平"
的草头王会给他什么诱惑和启发，这种诱惑和启
发在他以后的人生之旅中将留下什么印记，这些

我们都不得而知，也不便去妄加推测。

但无论如何，启蒙的影响是巨大而久远的，那是一张白纸上最原始的一笔，是浩浩长天上最绚丽的彩虹，是黎明的静谧中第一声启程的足音。我早已过了不惑之年，孩提时代的好多记忆已经淡忘了不少，但有一首童谣，却至今烂熟于心。更令人感慨的是，前些时回乡，听到村头的儿童围在一起鼓掌高唱的，仍旧是这首熟悉的童谣，而且竟然一字不差：

> 一二三，摇机关，
> 机关响，到英港，
> 英港英，到南京，
> 南京住的和平军，
> 和平军，狗日的，
> 大鱼大肉吃不够。

现在看来，这也是一首政治色彩相当浓的作品，当初我们唱着时，对中国近现代史上这段苦难而悲壮的历程几乎一无所知，但大家仍旧唱得很投入，不是由于政治热情，而是觉得挺顺口，挺有劲的。

既然挺顺口，又挺有劲的，那么就唱吧。站

黄口小儿顺口诌出的句子未必经心，未必在意，但它的确产生着某种潜移默化的启蒙效果，那些音节、句子深深地蛰伏在生命的一角，当光线来自某个角度，它便闪现在微明之中。

在故乡的村头，我真忍不住要和着那烂漫的童音也高唱起来。这不是为了猎奇和怀旧，而是蕴含着一种真诚的崇敬，我们都从那种天籁之音中走来，而在心灵的历程上，我们又生生不息地追求那个融洽谐美的自由天地——这就是童谣。

战争赋

一写下文章的标题，定一定思绪，却怎么也找不到自信。这题目太大、太沉重，又浸渍了太多的血腥味和英雄气，这一切都压迫着我，使我难以进入——是的，进入，这是最痛苦的时刻，母亲分娩、枪炮发射，以至于火山爆发、地震施威其实都是一种进入：由某种生存状态"进入"另一种生存状态，因此，他们都要呼天抢地，挣扎出全部生命的能量，恨不得把自己撕扯成灼热的碎片，又恨不得把自己挤压成力量的造型。真佩服老托尔斯泰那样的大手笔，当《战争与和平》进入莫斯科保卫战时，他笔下仍这般从容：

于是战争开始了。

他一共只用了7个字，连感叹号也没有，从容得不动声色而又大气磅礴。

从容是一种底气，进入战争就得有这样的气

度，这样的从容。

二

那么，就从那遥远的欢呼和旁白开始进入吧。

公元 1805 年 12 月 2 日早晨，拿破仑站在奥斯特里茨的前沿阵地上，在他的身后，大炮已经褪去了炮衣，露珠悬挂在炮口上，有如少女的项链一般富于质感；身着匈牙利式紧身短上衣的枪骑兵引缰待发，踢腾的马蹄迸出欲望的火花。这时候，普拉钦高地上的浓雾正在散去，俄奥联军的军旗和枪刺隐约可见，法兰西皇帝挺起他那 1.67 米的身躯，呻吟似地欢呼道："奥斯特里茨的太阳升起来了！"

这欢呼很轻，轻得几近自语，却透出一种峥嵘险峻的渴望，一种无法抗拒的诱惑，一种光芒逼人的人生成就感，而一场世界战争史上辉煌的杰作亦由此拉开了帷幕。

这就是战争——一位铁血统帅体验的战争。

1995 年是世界反法西斯战争胜利 50 周年，电视台播放了英国摄制的纪录片《二战警世录》，总共有好几十集吧，其中有这样一个镜头：

德军开进了村庄（那富于俄罗斯风情的北方

海明威说，战争是文学中最重大的主题之一，也是最难真实描绘的。由于战争涉及政治、军事、经济、外交等领域，汇聚了人类全部的智慧、情感和意志，既有运筹帷幄、激昂慷慨的英雄气，更充满了喜怒哀乐、悲欢离合的情感纠葛。因此战争题材是作家最难把握的。

这里统帅的欢呼其实质是一种英雄主义情绪的自然流露。

村庄，宁静得有如柴可夫斯基交响曲中忧郁的堆积），一个士兵颇像个顽童，用手榴弹砸碎一户农舍的玻璃窗扔进去，于是房子被炸塌，玻璃窗发出痛苦的破裂声……

旁白：战争的起因之一涉及人破坏世界的本能，比如男孩总喜欢砸玻璃窗，那破碎的声响使他的破坏世界的心理得到满足。

相对于第二次世界大战期间尸山血海的大场面，这样的细节是微不足道的，但它却相当真实地揭示了人的一种深层意识：战争的原始基因就潜藏在这些看似天真而琐碎的儿戏之中，得出这样的结论，确是有点令人颤悸的。

<u>这也是战争——一名普通士兵体验的战争。</u>

统帅的体验加上士兵的体验，于是战争开始了。

据外国学者统计，有史以来的人类战争共使36.4亿人丧生，由此造成的损失折合成黄金，可以铺成一条宽75公里，厚10米，环绕地球一周的金带。把5 000余年的血火与巨痛归结于地球老人的一条金腰带，这样的想象确是很有意思的。但我们不妨循着这条思路再想象一下，人类如果没有这些战争，而真的拥有这么多黄金，那又有什么用呢（恐怕只有像马克思所预言的，用

除了英雄主义，战争背后还有属于人类野性化的本能意识。

黄金来修建公共厕所)？或者说，人类为此将会失去什么呢？

世界战争史的一个谜：亚历山大在消灭了波斯帝国以后，为什么还要继续东征？

公元前330年，亚历山大以其所向无敌的重骑兵和马其顿式的斜线阵横扫两河平原，对于这位年轻的国王来说，爱琴海的威胁根源已经铲除，富饶的苏萨和巴比伦已经臣服在自己脚下，而放眼东望则是莽莽无涯的中亚不毛之地，继续东征既不是现实的政治需要，也不会给他带来财富和荣誉，只是意味着无谓而巨大的牺牲。

但亚历山大力排众议，决计挥戈东征，他的口号是："一直打到东海。"在当时，"东海"是一个出自上古哲人和神话的地理极限。

马其顿大军经过4年艰苦卓绝的远征，穿过漫无人烟的中亚荒漠，一直进抵印度河口，亚历山大终于看到了大海——那比地中海更浩瀚的印度洋。

最后的结局是：这位被称为"太阳神之子"的国王在32岁时客死他乡。

遥望马其顿军团苍茫的背影和悲壮的结局，后人久久地发问：亚历山大东征的动因究竟何在？难道仅仅是由于好大喜功？抑或是一时的心

作者在这里通过对历史细节的挖掘给出了一种全新的解释：亚历山大之所以继续东征是想穷究人类认知的极限，一直打到东海的口号闪耀着追寻真理的光辉。

血来潮？

亚历山大的远征军中有一大批学者，其中包括以亚里士多德的侄子为首的一批当时第一流的历史学家和哲学家，这个情节也许有助于我们寻找问题的答案。驱使这位国王不断东征的原因不在于当时的政治现实，而在于他对霍梅罗斯歌颂的万物开端——包围着陆地的大海——的憧憬和寻找，即他对未知世界和真理的热情。亚历山大的影响就其本质来说无疑是巨大的，在他那里，战争已超越了狭隘的政治、军事和经济目的，而体现为一种穷究世界的探索精神。如果我们顺着亚历山大的目光再向东望去，大体就在同一时期，华夏古国的嬴政大帝也组织了一次面向大海的东征，但他的目的只是为了寻找长生不死之药。嬴政当然也是一位世界性的历史巨人，他的生命也是多姿多彩的，但同样是对神话的追寻，秦始皇东征的帆影却显得那样愚昧而萎琐。

亚历山大的东征流溢着精神的底蕴，他升华了战争。

三

还在上中学的时候，我就听历史老师讲过这样一段趣闻：18世纪末期，法兰西舰队和英国皇

除了对历史细节的挖掘与阐发，作者还通过同一时期同类人物行为的对比，来进一步凸显亚历山大东征的精神底蕴。

家海军在特拉法加海域激战，为了让运送中国月
季的商船通过英吉利海峡，交战双方特地商定停
战 6 小时。

这是一个极富哲理意味的情节，鲜花象征着
美好，象征着幸福和温馨，这些都是人类永恒的
希冀。战争为鲜花让路，或者说鲜花驱散了战争
的阴云，这是人类理性和良知的胜利，虽然这次
胜利只有 6 小时，但人们毕竟在战争的血雨中撕
开了一小段明净的时空，它不是由于皇权的谕
旨，也不是双方政治利益的交换，更不是战场谋
略的一部分，而仅仅是为了迎送一位不同寻常的
使者——若干盆高雅艳丽的月季花。人们常常并
不屈服于暴力，却不得不屈服于美，这实在是一
个很有意思的命题。这是一个美好的时刻，也是
令人惊心动魄的时刻，交战双方的士兵都在甲板
上列队遥望，有如仪仗队一般。商船从远方款款
驶来，驶过巨舰大炮对峙的死亡峡谷，它不惊不
乍、堂堂正正，劈开战云和杀气，俨然仪态万方
的贵妇从容踱过自家的庭院。汽笛拉响了，在死
亡峡谷上撞击重重的回声，于是所有的军舰都拉
响了汽笛，这是致敬的笛声，只有在皇帝或统帅
检阅舰队时才偶尔用上一次的。这时候，相信所
有的人心底都会生出一种可以称之为美好或圣洁

相较于暴力，
美是一种柔韧
而博大的力
量，在美的面
前，人性得到
净化和提升。

的情愫，都会真诚地为之祈祷：让这一刻长久些，再长久些，直至永恒……

我一直怀疑这种情节的真实性，但它确是广为流传的，那么就让它流传吧，即使是杜撰，这也是至善至美的杜撰，因为在以鲜花和仪仗构架的场面背后，潜藏着对和平的呼唤——这是人类与生俱来的一种深层意识。

1982年6月，英国特混舰队在马尔维纳斯群岛打败了阿根廷军队。阿根廷全国沉浸在悲痛和耻辱之中，加尔铁里总统宣布辞职。

4年以后，在第13届世界杯足球赛上，阿根廷队打败了英格兰队，墨西哥城到处游荡着酗酒闹事的英国球迷。

12年以后，马拉多纳在那次比赛中打入的第二粒进球被评为有史以来的最精彩进球。而组织评选的恰恰是英国的《足球》杂志。

把这几条新闻剪辑在一起很有点寓言的味道：人类不需要战争，但愿能把战争的心理能量释放到竞技场上去。英国和阿根廷关于马尔维纳斯群岛的争端远未了结，那么，就让阿根廷人在足球场上打败英国人，让战场上的复仇心理转化为球门前的狂轰滥炸吧。

寓言当然是理想化的，自古以来，人们发出

战争与和平的两难选择使人类无所适从，长期以来人类在不断地寻求着一种"战争的道德等价物"，这种道德等价物能满足人类攻击的欲望而不致毁灭世界，它能把人类绷紧之弦所蓄的能量变成音乐的频率，把人类原始好胜的本能升华为精神秩序，而竞技体育无疑正是这样一种绝佳的等价物。

过多少次铸剑为犁、化干戈为玉帛的呼吁，但战争并没有消失，反倒不断升级换代，变得更为精致，也更为残酷。某一天晚上，我曾为电视里的这样一条新闻而颤栗：叶利钦总统在病床前签署了《关于俄联邦代总统的命令》，在他进行心脏外科手术期间，由联邦总理切尔诺·梅尔金代理总统职务，代总统拥有总统的一切权力，包括对战略核力量和战术核武器的控制权，为此，叶利钦向他移交了"核按钮"。

作者用一个新闻事件将战争的距离瞬间拉近，让读者真切地感受到战争的偶然性与荒诞性，感受到战争的威胁就在身边。

我相信，全世界为之颤栗的人远不止我一个，也许正是在这个时刻，人们才又一次意识到了战争的巨大威胁——人类的命运，就掌握在某个人物随手携带的那只小小的密码箱里，只要他心血来潮，一个指令，人类创造的所有文明就将毁于一旦。

战争不会消失，尽管我们这个星球上有无数的足球场和拳击台。也正因为如此，才有了对和平生生不息的祈求。

是的，人类世世代代地祈求和平，从达官显贵们堂皇的施政演说到乡野村妇悠长苦涩的梦境，和平往往是一道最具煽情效应的承诺和天长地久的生命主题，连那位因发明雷管和无烟火药而使战争杀伤力大增的瑞典富豪，在遗嘱中也忘和平是道德，是人类崇高的理想；战争则是罪恶，是人类残酷的现实。战争与和平在绝对的对立中，又呈现出互为因果的张力。

不了设立一项"诺贝尔和平奖"。但和平其实是相对于战争状态而言的，它们互为背景、互为前提，又互为因果。战争状态的残酷，才使得和平备受珍惜；和平状态的庸常，又使得战争成为渴望。因此，没有战争就无所谓和平，就像没有争吵就无所谓爱情一样。人们常常把相敬如宾、齐眉举案作为爱的最高典范，这实在是一种误会，因为这种和睦中失却了期待的焦躁，失却了坦露和倾诉的欲求，也失却了因忌妒而造成的误解以及因误解而燃烧的妒火，一切都平静得不在乎。"不在乎"绝不是爱情。爱情是一种波澜，这时候真该来一场"推波助澜"的战争（如果连这一点渴望也没有，那么就拉倒吧），把关闭的心扉重新打开，让所有的怨忿、呼唤、关注、甚至还有熊熊燃烧的妒火都喧嚣而入，在心灵的纠葛中腾挪出一片融洽谐美的天地，于是，"战争"拯救（或催生、激发）了爱情。

历史与道德存在着二律背反，历史进步总是不得不以弱化乃至于牺牲道德为代价的。恩格斯承认"恶是历史发展的动力"。战争就是这样一种恶，以历史尺度考量之，道德上不能容忍的战争，却是历史得以完成自身的一个不可或缺的内在环节。

人类社会也是在战争与和平的反复纠葛中蹒跚前行的，一种东西被人们世世代代地诅咒，又被人们世世代代地沿用，肯定有它自身的魅力。相对于和平状态的庸常，战争固然有着野蛮、残忍和窒息人性的一面，但同时又有着伟岸、质朴、粗犷、更接近生命原力的一面。面对着这柄古老而神秘的双刃剑，我们很难说清它从何处而来，又将向何处而去；我们只知道它常常和峻岭惊涛、旷野荒原、长风豪雨联系在一起，和生、死、爱、恨这些千古不朽的人生大命题联系在一起，和人们铭心刻骨的痛苦、欢乐、期待、创造联系在一起，这也就够了。就像中世纪的鼠疫常常是对纵情狂欢的罗马人的一种警告，艾滋病的蔓延是对现代人闲极无聊的一种惩罚一样，战争则是冥冥上苍对人类行为的一种训诫和调整。和平的天空无疑是明净而美好的，但这时候，一场偶然发生的打斗或火灾就会吸引周围一大批亢奋的人们，从他们那眉飞色舞、兴高采烈的神态中，你会感到他们平日的生活是多么乏味。

那么就来点刺激的吧，还记得海湾战争期间，每天晚上人们聚集在电视机前收看最新战况的情景，他们迫不及待地期盼着那些关于改革、物价、反腐倡廉之类的消息快一点过去（平日里，他们曾对这些表现出多么热切的关注），注视着战斧式导弹优美的飞行轨迹和巴格达夜空礼花似的弹雨，他们油然有一种仗剑把酒的豪迈感。在那些日子里，连街谈巷议也显得更有档次：萨达姆、施瓦茨科夫、安理会决议、旋风式轰炸机和飞毛腿导弹。议论战场当然比议论官场、商场、情场或舞场之类的话题更刺激、也更有质量。路透社记者曾在北京街头进行随机采访，拎着菜篮子或挤在公共汽车上的普通市民对战争进程的精确了解使他们感到惊讶。无庸讳言，当布什总统宣布停火时，人们心底或多或少总有点遗憾，这种遗憾有点类似于奥运会或世界杯足球赛曲终人散时的感觉：怎么，一场轰轰烈烈的大战这么快就结束了？因为他们似乎还没有欣赏够哩——恕我冒昧，我只能用这个词：欣赏。

欣赏源于魅力，战争的魅力就在于人们对和平的无法忍受，在于战争的宣泄和释放功能，更在于战争本身所呈示的美境。

美境何在？还是翻用老托尔斯泰的一句名言：和平状态总是相似的，战争状态各有各的不同。

四

战争是一种美丽的错误，不是和平时期那种苍白的瘦骨嶙峋的错误。

战争的美境来自其过程的不确定性，越是在远古时代，这种不确定性越是有力地扭曲着战争方程，也越是富于惊心动魄的生命体验。原始战争是个体生命之间的搏击，即使是最高统帅，也无一例外地要在这种搏击中展示自己生命的质量。一切都是面对面的，你几乎可以感受到对方衣甲下肌肉的强度和血液的流速，看到对方的睾丸或畏怯或豪迈的晃动频率。那么就动手吧，这是真正意义上的肉搏，金属在碰撞中呻吟，热血在刀剑下喷射，每一声喘息和呐喊都凸现出意志的质感。这时候，一切崇高而庄严的命题都黯然失色，没有为人类盗火的普罗米修斯或为了造福民众而矢志填海的少女精卫，那些太理性、也太遥远；有的只是夸父追日式的生命本能——他要超越对方，他在疲惫中极度枯竭，最后他悲壮地倒下了，弃杖化为邓林。这里呼唤英雄、崇尚伟力，所谓的"两军相逢勇者胜""置之死地而后生"之类的战场定律，都赤裸裸地还原为一种生命定律。于是血流漂杵、尸横遍野，强者的马蹄撕碎了弱者的哀鸣，这是多么残酷而浩大的景观。人们常常哀叹无法体验两种重要的感觉：诞生和死亡，战争缔造的正是生与死融合的深刻的生命，体验过绝望和死亡，便是生命的又一次诞生，而且比原先的生命更强硕百倍。就生命体验的方式而言，战争有点近似于赌博、探险或婚外恋，都属于奇险刺激一类，什么东西一旦稳操胜

冷兵器时代的战争呈现出一种雄性的、富有力度的美，人的生命力得以苏醒，英雄显示出真正的人应该具有的不同于蝼蚁侏儒的生活和追求。在适者生存的环境下，每个人都必须成为强者才能活下去，战争为英雄人物提供了驰骋的空间。从这个意义上来看，战争是崇高的悲剧。

券，同时也就失去了诱惑力，唾手可得只能使人舒服而不能使人激动。即使同样是赌博，一个囊中羞涩的穷汉比之于腰缠万贯的富翁，前者肯定会更投入、更刺激，因而也会从中得到更大的快感。正是在这一点上，战争契合了人类的天性，因此战争应被视为一种天赐或天谴。

蒙哥马利是著名的第二次世界大战英雄，他一手导演的哈勒法山战役和阿拉曼战役被称为典型的"蒙哥马利战役"，即战前对战争的每个细节都构想得十分周到，战争完全按照预定的程序进行。在阿拉曼战役发起前，蒙氏曾断言："整个战役大约需要 12 天。"果然，到了第 12 天，隆美尔的坦克兵团溃退了。而当哈勒法山战役打响，参谋长把隆美尔开始进攻的消息告诉他时，他只是很淡漠地说了句，"太好了，不能再好了"，说完便蒙头大睡。是的，还有什么值得他操心的呢？一切都在沙盘上反复演习过了，每一步相应的作战方案都装在参谋的皮包里，让他们按部就班地实施就是了，战争的胜负，实际上在第一枪打响之前就已经解决了，剩下的只是一个以鲜血和生命铺垫的仪式。这样的统帅真够潇洒的，但潇洒中是不是少了几分惊险和刺激呢？

高质量的战争都是反常规的，汉尼拔之翻越

战争，是强者的狂欢，弱者的悲鸣。

现代战争是技术的比拼，胜负既定，算计精准，人的意志、情感、精神不复存在，战争于是成为彻头彻尾的悲剧。

阿尔卑斯山进攻罗马；项羽之破釜沉舟、背水死战；第二次世界大战时日本之长途奔袭珍珠港，无一不是反常规的"杰作"。请仔细体味这些词语的感情色彩：神出鬼没、不可思议、石破天惊、绝处逢生、冒天下之大不韪，这些都是属于反常规的。反常规体现着战争精神的底蕴：冒险、创新、拼搏、逆转、追求出众、混沌中开拓，等等。从本质上说，人类的生命个体也是这样在绝望中诞生的，因此，几乎所有的天才都是反常规的斗士，这是一种生命质量。

这里所歌颂的战争精神本质上是一种人类的进取与创造精神。

那么失误呢？战争史上那一页页黑色的记录难道还不够触目惊心吗？其实失误也是战争的一部分，最伟大的天才也难免失误，他们的英雄本色恰恰体现在敢于面对失误。军事辞典里所谓的战机是和失误相比邻的，追求万无一失往往会导致战机的丧失，当然，那种一边倒的战争不在此列，因为那里并不需要卓越。诺曼底战役是第二次世界大战的重要转折点，但有谁知道，就在战役发起前几分钟，盟军最高统帅艾森豪威尔因为英吉利海峡恶劣的天气还举棋不定，这时候，他的助手史密斯将军说了一句决定性的话："这是一场赌博，但这是一场最好的赌博。"艾森豪威尔神情为之一振，"我们干吧"。他下达了出击的命令。在这一瞬间，战争中一切至关重要的因素——兵力和武器的对比，将士的斗志，敌情的变化，各兵种的协调和战术结合，等等——都不再重要。重要的是敢不敢面对可能发生的失误，而正是史密斯将军那句决定性的话，唤醒了艾森豪威尔向失误挑战的英雄本色。从欣赏角度看，失误不是科学，却常常是艺术，无论如何，各种成功之间的差别总是小于各种失误之间的差别，可以这样说，从失误比从成功更能认识战争，也更能窥视一个军事家的意志和人格力量，因为在他们那里，失误往往是追求杰出的散落物。从不失误的统帅只有一种：庸常之辈。

项羽的破釜沉舟、韩信的背水一战，就是这种英雄本色。

平心而论，蒙哥马利不是一个天才级的军事家，说得确切一点，只能算是一个会打仗的将领，他多的是匠心而少有出神入化的大手笔（美国的巴顿就不大看得起他），他的基本原则是"均衡"，这种指导思想可能延缓进程，却比较稳妥可靠。他很少冒险，也不敢反常规，总是以优势的兵力和火器为保证，在周密组织的前提下实施挤压式的攻击。这种英国式的绅士战术需要足够的本钱，虽然赢面较大，却缺少即兴张扬的激情和灵气，就当事人的生命体验而言，恐怕还抵不上一场赛马或橄榄球。失去了对过程的品味，所谓结局只是一颗风干的青果。这就像下棋一样，后面的每一步都已经了然于胸，再下还有什么趣味呢？因此，在战役打响时，蒙哥马利却要睡觉了。

蒙哥马利睡觉了，但真正的军事家们却在大喜大悲中体验战争的每一步进程。

五

蒙哥马利是幸运的，因为至少在他蒙头酣睡的北非战场上，他没有遭到"上帝之手"的惊扰。而谈论战争却常常躲不开那只神奇的"上帝之手"，那上面用令人颤栗的深黑色书写着：偶然性。

注视偶然性是一件很有兴味的事，它会让人妄自多情地想到许多"如果"，遥望战争的烟云而唏嘘不已。唐代诗人杜牧在古战场遗址上拾到一支锈烂的戟矛，由此曾生发了一番关于历史的感慨，他说："东风不与周郎便，铜雀春深锁二乔"，如果赤壁之战那天不刮东风，周瑜的胜利就很成问题了，他认为是偶然性改变了战争的结局。偶然性是什么呢？它是一种转瞬即逝的意外，一种超越理性的逆变，一种充满魔幻色彩的情节组合，一种使历史进程骤然缩短或拉长，使

反讽，将蒙哥马利战术的索然无味写到极点。

把偶然性比作意外、逆变、组合、瞬间机缘、恶作剧，这是渗透了生命体验的精妙理解。

人生的欢乐、悔悟、悲哀和惆怅一次性定格的瞬间机缘，或者干脆说是一种只能接受却无法理喻的恶作剧。有如一道猝然闯入的黑色闪电，它只可欣赏，却无从讨论，面对着这样的恶作剧，任何天才也只能仰望苍天，徒唤奈何。但任何一次偶然性事件都是独特的，独特本身就是一种美，偶然性的撞击，使战争之美臻于奇诡。

在历届的世界杯足球赛中，球王贝利的预测总是被炒得沸沸扬扬。但绿茵场上的结局似乎有意要和这位球王过不去，他的预测几乎没有一次得到验证过，但贝利并不因此而沮丧。因为——"这就是足球!"

"这就是足球"体现了人们在偶然性面前的惆怅和无奈，然而这也是足球的魅力所在，在所有的竞技体育中，足球无疑是最能令人沉醉、令人癫狂的。

同样，面对着战争史上的一次次偶然性事件，我们也只能说："这就是战争。"

第一次世界大战中的"凡尔登"战役被称为近代战争史上的"绞肉机"，在历时 10 个月的战役中，双方互有攻守，死伤逾百万之众，最后都已精疲力尽。但这时发生了一件事，一颗法国流弹无意中击中了隐蔽在斯潘库尔森林中的

用类比的方法自然过度到战争主题。

德军弹药库，而存放在那里的45万发大口径炮弹偏偏不小心装上了引信，因而引发了这次大战中最大的一次爆炸。战后，法国军事分析家和历史学家帕拉将军断言，正是这桩意外事件，在凡尔登起了决定性的作用，并最后导致了同盟国的失败。

这就是偶然性，在某个特定的瞬间，历史颤抖了一下，犹如巨人不经意的一个趔趄或喷嚏，然后庄严地定格。而在更多的时候，历史的细节就是伟人的细节，他们的胆略、意志、情感、人格亦在这一瞬间凸现无遗。

滑铁卢战役可以称得上是世界战争史上的经典战例，这场大战不仅使叱咤风云20余年的拿破仑一蹶不振，而且在很大程度上决定了19世纪初叶欧洲乃至世界的历史进程。西方的军事史家在回顾这场大战时，发现有一连串偶然因素促成了拿破仑的失败，其中影响最大的是一场意外的大雨，这场大雨迫使法军发动进攻的时间推迟了半天，而这半天恰好足够驰援威灵顿公爵的普鲁士军队赶到滑铁卢，战争的天平由此发生了倾斜。于是人们设想：如果这一连串偶然中的某一件没有发生，那么19世纪欧洲的历史将如何书写？

伟人谱写历史，历史成就伟人。

人类对历史的各种假设，不仅仅出自茶余饭后的戏谑谈资，更多的时候代入了自己的意志，出自于对历史英雄的同情、敬意，或是对历史大势的指点、操控。

人们有理由这样"如果"，它表达了一种超越时空的征服欲——对历史偶然性的征服，他们要穿透那瞬间的神秘和奇诡，去探究战争寓言的多种可能性，这就不仅使一部板板正正的战争史增添了几多趣味，更重要的是从中可以窥视人类精神的本质。

因此，我们不妨也"如果"一下：如果拿破仑最后不是在圣赫勒拿岛死于病榻，而是战死于滑铁卢……

那么，他不仅会得到自己将士泪雨滂沱的哀悼，而且会得到对手的尊重，当载着法兰西皇帝灵柩的炮车缓缓北归时，威灵顿公爵或许会命令所有的大炮对空轰鸣，向这位平生最伟大的对手致敬，因为，这时他感到的不是胜利者的喜悦，而是一种深沉的孤寂——如果他是一位真正的军人的话。

其实仪式并不重要，重要的是，以这种标准的军人姿势倒下，比后来在圣赫勒拿岛的结局更能显示出生命的质量。

龙游浅水遭虾戏，虎落平阳被犬欺。这可能是英雄最大的悲哀。

拿破仑曾与同时代的那些杰出人物在一起（包括他那些杰出的对手），度过了许多辉煌壮丽的时光，但在放逐孤岛的最后几年里，他却被一群卑微宵小之辈所包围。英国士兵对他自由和威严的蔑视倒不去说了，最不能忍受的是他身边的随从，这些跟随他而来，原本是怀着各种蝇营狗苟的目的，他们日常的行为和话题处处显露着鄙琐，他们不会谈论史诗、谈论英雄、谈论高山大海、谈论壮丽和崇高，他们只能挤眉弄眼地谈论种种蝇头小利，例如餐桌上的一杯鸡尾酒或女人。

——不，连女人他们也不配谈，因为他们谈不出境界和趣味，他们的审美水平只勉强够得上谈论青楼娼妓或女人身上的某个器官。生活在这样一群驱之不散的声音和媚眼之中，拿破仑精神上的孤独无告是可以想见的，这位有如长风烈火一般的科西嘉人可以承受整个欧洲的憎恨，可以承受法兰西浅薄的遗忘，可以承受战争的惨败和皇冠的失落，却绝对不能承受被群小包围的精神困顿。对一个真正的男人来说，其生命力最蓬勃的释放无疑是面对一个同样强的对手或女人的柔情；而对其生命力的最大摧残则莫过于小人散发的腐浊之气。历史应该记住，拿破仑最后不是死于胃癌，也不是死于前些年传说得沸沸扬扬的砒霜中毒，而是死于由一群卑微小人合谋的精神窒息。一位曾经使整个欧洲为之颤抖的战争之神，竟罹难于这些下三烂的小角色之手，令后人在扼

一个密闭、安静、黑暗的空间可以使人疯狂。精神上的窒息更加令人绝望。

腕痛惜之余，不由得会想到：如果让他战死在滑铁卢该有多好！

这种"如果"探究的不是政治历史层面的另一种解读，而是对人格精神空间的深入体味。对于英雄盖世的拿破仑来说，他宁愿在滑铁卢留下自己卓越的遗骸，他那"法兰西……军队……冲锋"的遗言也正好切合那壮烈的场面。

哦，如果……

欣赏偶然是欣赏战争的一部分，战争因了偶然而更具不确定性和神秘色彩，也因此有了朦胧诗的意蕴。我们当然可以反思，可以喟叹，可以沉醉于某种悲剧感悟，但更应该看到站在偶然背后的一种巨大的渴望，请想象一下古希腊雕塑和雄踞山顶危危欲坠的巨石——那是必然的力量。

偶然中包含着必然的因素，这是神性与人性的高度统一。

六

现代战争的"兰切斯特方程"。

18世纪以来，随着数学和力学的迅速发展，出现了被称为"计算派"的军事学派，英国军事学家劳埃德认为，只要熟悉地形，就可以像演算几何题那样计算出一切军事行动。第一次世界大战中，英国工程师兰切斯特主张系统地应用数学方式来研究战争，并描述了作战双方兵力变化的数学方程，这就是现代军事运筹学中有名的"兰切斯特方程"。在这位英格兰人的笔下，战场上的一切都可以量化：步枪的射程、炮弹的杀伤半径、人体肌肉的张力和爆发力、一门迫击炮的战场效率等同于一个步兵排，等等，都可以用方程上的一个符号来表示。西方人真有把什么都换算成数字的天才，例如他们曾用"马的力量"（马力）来量度人或蒸汽机之类的功效；在更早的时候，则在羊皮纸上计算过如何用杠杆来撬起自己脚下的地球。

现代战争已经比兰切斯特走得更远，作战双方几乎可以戴着白手套在计算机上进行较量。这种战争更接近于游戏，因为双方都是在屏幕上展示心智，这时候，你即使像项羽那样"力拔山兮气盖世"，像李元霸那样"恨天无柄、恨地无环"也压根儿不顶用，因为你面对的不再是具有意志和情感的生命个体，在"爱国者"和"飞毛腿"导弹的后面，你很难见到男性发达的肌肉和胸毛，因此，你无法因对方一丝畏怯的眼神而勇猛，或因对方拔山贯日的勇猛而疯狂。我们很难想象，一场听不见呐喊和呻吟、亦看不到鲜血和死亡的战争，一场没有极度的仇恨、愤怒、痛苦和疯狂的战争，一场无法体验惊心动魄的"对手

在崇尚人力的古代和近代，英雄主义曾经是战争的追求，那些离奇的故事和神力的英雄赋予了战争阳刚美与崇高感。许多战争题材的作品之所以能够动人，一个重要的原因就在于它们塑造了神勇的英雄，呈现出了生命的力与美。而到了20世纪和21世纪，科学技术在战争中的作用大大增加，生命的力与美在冷冰冰的科技面前一笔抹消、荡然无存。

感"的战争，怎能使生命之美进入巅峰？李广射石，箭没石棱，是因为夜里把草间的巨石误认为猛虎，与虎相搏的对手感使生命的力量发挥到了极致。这样的奇迹只能出现在特定情境的瞬间，他后来一再射石，却再也达不到这一水平。"林暗草惊风，将军夜引弓"，唐代诗人卢纶就把这种特定的情境渲染得很充分。真正的军人追求的是一种古典的阳刚之美——崇高、庄严、激情和永不枯竭的灵性。但令人沮丧的是，现代战争似乎正在悄悄地投入科学的怀抱，而离艺术越来越远，就像古典式的浪漫爱情正在被红灯区里掐着钟点计费的交易所取代一样。

以实喻虚，化抽象为具体。

科学是什么呢？科学是人类理智的结晶，它冷静、精辟，有着刀锋一般锐利的质感；而艺术则是生命灵性的笑容，有如晨雾中朦胧的远山，只能感觉却不能触摸。

战争当然也是一种艺术，但战争并不需要本原意义上的艺术天才，艺术天才大多狂放天真，蔑视理性，甚至表现为一种神经质。我们可以随口说出一串令人肃然起敬的名字：歌德、普希金、贝多芬、屈原、李白、苏东坡等等，他们无疑都是天才型的艺术大师，但如果把这些天才放到战场上，他们的光芒肯定会黯淡不少（大诗人拜伦最后的结局就属于这种尴尬）。问题在于，他们有的是才华，却缺少才能，战争需要那种把才华和才能结合得恰到好处的人（不光是战争，除艺术以外的行业大多如此）。一般来说，军事家只需要艺术上的中才，他们有一点艺术感觉，但作为一个职业艺术家又远远不够，却刚好够得上当一名军事家。

这样的选择造就了希特勒。

第一次世界大战，西线索姆河战役。这次战役本身没有多少可说的，倒是其中的两段小插曲有点意思，很值得一提。一段是某天早晨英军使用了一种诨名叫"坦克"的秘密武器，这种"怪物"虽然给德军心理上造成很大压力，对英军在战术范围内的进攻起了重要作用，但战场上的双方当时都并未意识到，这种像运水车似的玩意将会引起军事领域一场深刻的变革，索姆河也因此成为军事史家们感兴趣的话题。另一段小插曲是，在索姆河对垒的堑壕里走出了一些后来有世界影响的大人物，协约国方面，他们是第二次世界大战中鼎鼎大名的蒙哥马利元帅和韦维尔元帅、文学家布伦登（《战争基调》）、格雷夫斯（《向一切告别》）、梅斯菲尔德（《永恒的宽恕》）和萨松（《通向和平之路》）；从同盟国堑壕里走出来的大人物没有这么多，但有一个就够了，他就是27岁的下士阿道夫·希特勒。

与其他人不同的是，希特勒身边带着一叠写生用的画布和一本叔本华的《世界之为意志与表象》。这时候，作为下士的希特勒并不向往当元帅，而是全身心地憧憬着神圣的艺术殿堂，特别是憧憬当一名画家，这是他从11岁开始就魂牵梦萦的情结。但他没有能考取维也纳艺术学院，落榜的评语上写着："试画成绩不够满意。"这样的评价是恰当的，该生天赋的才华不够，虽然他相当刻苦，光是在维也纳的写生就有700多幅，其中有一幅题为《维也纳的秋天》的水粉画，当时标价仅1克朗，但还是不能出手。维也纳人是一群艺术至上主义者，他们的审美目光是世界上最挑剔的，不能让他们的眼波顾盼生辉的作品，即使一个克朗他们也绝不轻抛——顺便交代一下，80多年以后，希特勒的这幅画被一个美国富婆买去，她付出的价钱是2 400万美元。那当然是另一回事，与艺术无关。

既然这个档次的才华够不上当一名艺术家，那么就把它掷给战场，掷给军用地图上那些带箭头的红蓝线条吧，或许，当一名军事家倒恰到好处。

对照希特勒年轻时的理想与后来的迥然不同的人生走向，再一次感受到偶然性对命运强大的支配作用。

若撇开是非评价，单就战争艺术而言，希特勒无疑是一名天才，他那驰骋的奇想、惊人的判断力和出神入化的大手笔绝对称得上 20 世纪的美学骑士。这里仅举一例，第二次世界大战前夕，德军统帅部最初制定的西线战略基本上是第一次世界大战期间"史里芬计划"的翻版。史里芬也是位卓越的军事天才，以他命名的这项计划属于典型的古典式坎尼会战（自汉尼拔以来，多少战略家曾为之梦寐以求），<u>但是一个天才绝不会重复另一个天才</u>，希特勒挥手拂去前辈巨人的身影，以他泼辣而新颖的闪击战（俗称"斯坦泰因计划"）否定了史里芬的古典会战。你看他笔下的攻击图标是何等优美：让德军中精锐的坦克师团通过卢森堡和比利时南部的阿登森林，绕到法军马其诺防线延长线背后，直捣法国色当，把法兰西版图如同破棉絮一般撕开……

"斯坦泰因计划"的闪光点在阿登，那是一块军事盲区；山高林密，装甲部队很难通过；又缺乏铁路网和公路网，后勤保障非常困难，没有人（包括德军统帅部的高级将领）会想到德国的坦克群将在那里出现。

这时候，一种可以称之为艺术感觉的东西悄悄地渗透进来，地图上并不起眼的阿登被渲染、

天才的本质是创造力。

放大，变幻出令人颤栗亦令人神往的多种可能，有如梵高那里最初闯入的色块或罗丹那里隐约跃动的线条，阿登点燃了灵感，渲染为浓墨重彩的辉煌。

这是战争，也是艺术。

问题是：艺术如何渗入战争，战争又如何容纳和拒绝艺术。

艺术通过直觉渗入战争。战争通过模糊的综合判断容纳艺术。

在战争中，模糊的综合判断往往比追求精确更为重要。战争的动态决定了数字力的局限——你永远不可能真正走近精确，一切都是概率，都是"大致如此"，于是便有了直觉的介入。军事家的直觉有艺术想象的成分，但并不是异想天开的浪漫，它是一个军事家才华的瞬间爆发；它似乎并不在乎对象细节的详尽准确，而注重对整体的理解和把握；它以轻盈灵动的跳跃压缩了思维的操作步骤；透过那难以言喻的神秘和朦胧，它闪耀着历练老到的智慧之光。

把直觉和智慧、艺术和才能结合得恰到好处的这种人，是大军事家。

历史造就了一大批这样的人物，他们既是雄才大略的军事巨匠，又并不缺乏艺术气质和才情。请体味下面这些名字中的金属质感和诗性：亚历山大、恺撒、腓特烈大帝、俾斯麦、汉武帝刘彻、魏武帝曹操，当然，还有毛泽东。

为什么没有拿破仑？对，这是一个不应该被遗忘的名字，他戎马一生，虽然没有那么多精力附庸风雅，但他天性中的狂放、热情和忧郁、羞怯，本身就是一种艺术气质。

笔锋轻转，巧妙设问，再次回到文章的主角——拿破仑。

七

我们就来说说拿破仑。

对伟人的评论往往是空乏苍白的，因为你自己的质量太轻，不是失之偏激就是流于套话。关于拿破仑，恐怕没有谁比雨果的评论更精彩，他是这样说的：拿破仑"当然有污点、有疏失，甚至有罪恶，就是说，他是一个人。但是他在疏失中仍是庄严的，在污点中仍是卓越的，在罪恶中也还是雄才大略的"。法国人对自己的民族英雄难免偏爱，雨果又是大文豪，臧否人物时亦难免带点感情色彩，但应该承认，这段评价大体上还是恰当的。

将拿破仑的复杂性娓娓道尽。

拿破仑一生中大约指挥过近 60 次战役，我不经意地梳理了一下，却隐约发现了几条有意思的规律：其一，拿破仑最擅长于指挥 5 万至 10 万人的中型战役，更大规模的战役似乎就不那么得心应手；其二，拿破仑最擅长进攻，不长于防守

（特别是撤退）；其三，拿破仑最擅长于运动战，不长于阵地战。

这样的发现令我怦然心动，也为之陷入了思索，统帅的性格就是战争的性格，拿破仑的个性魅力是如此突兀峥嵘，在前沿指挥所里，他可以同时向几个秘书口述内容全然不同的文件，使秘书们手忙脚乱，而他自己则泰然自若，游刃有余。在攻打奥地利战役的隆隆炮声中，他仍然能写火热的情书，抒发渴望同情人幽会的相思之情。他不是故作深沉的高山峻岭，更像热烈奔放的长川激流。他导演的战争恣肆张扬、快如疾风，呈现出天马行空般的动感。他当然老谋深算，负载着巨大的历史使命感，但就生命本色而言，他又是一个争强好胜、辐射着勇气和热情的大孩子。我想，这中间肯定潜藏着一种更大的性格，它的名字叫——法兰西。

头脑敏锐、能量充足、争强好胜、浪漫热情，这是拿破仑的性格，更是法兰西的民族性格。

哦，法兰西，你就是阿尔卑斯山下那醉倒多少英雄和美人的红葡萄酒么？就是大仲马笔下充满浪漫情节的复仇故事么？就是巴黎大剧院里的音乐喜剧和凯旋门上线条嘹亮的浮雕么？就是香榭丽舍大街上标新立异的时装女郎和足球场上潇洒脱尘的普拉蒂尼么？

是的，这就是法兰西的民族性格。

战争，说到底是民族精神的聚合和较量，英国人稳重而保守的绅士战法，美国人的大手大脚和西部牛仔式的粗鲁勇敢，俄国人那种拖不垮打不烂的韧性，德国人的严整协调和钢铁般的意志，无不透析出本民族原始的血温和天性，甚至他们在战场上的最后一声呐喊也带着本民族歌谣的韵律。而拿破仑的伟大，就在于他把法兰西的民族性格恣肆张扬地发挥到了极致。

一个民族有一个民族的战争风格，正如一个民族有一个民族的文化性格。

"新兵不需要在训练营里呆8天以上。"拿破仑说，虽然武断得近乎粗暴，却绝对符合他的性格。

"一个轻骑兵30岁时还未死去，那必定是个装病的开小差者。"骑兵将领拉萨尔说，这位拿破仑手下著名的骁将后来死于瓦格拉姆会战，时年34岁。

引用拿破仑和拿破仑身边的将领的原话，一个个性鲜明的铁血将军跃然纸上。

在这里，拿破仑和他手下的将领强调的都是一种战斗热情。

这种热情当然并不代表法兰西性格，因为任何一个民族的士兵都可能具有这种不怕死的热情。

但同样是不怕死，在拿破仑的军队里，战争是一座舞台，是让士兵们尽情地创造、尽情地挥洒生命能量的舞台；而在他的对手那里，战争则是一座祭坛，士兵们只能机械地、毫无主动精神地倒下，连他们的尸骸也如同检阅场上的队列一般规整。

我们先来欣赏一下旧式的欧洲陆军。那实在算得上是训练有素的"机械化"部队。冲锋时，战斗队形各部分的组成、行列和间隔距离，战斗中队形的变换、步法、步幅和行速，以及使用武器的动作都有严格的规定。这是一支在仪式和形式上尽善尽美的军队，他们在检阅场上确是威武雄壮、赏心悦目的，但到了战场上就是另一回事了，因为再威武雄壮的队列成了一堆肉时，都不再赏心悦目。

从表面上看，拿破仑似乎只是变化了一下作战队形，他摒弃了陈旧的线式战术，创建了一种更具有弹性和灵活性的散开式队形。但正是这一变化牵动了法兰西胴体上最亢奋的神经，为他们的士兵提供了即兴表演的阔大空间。是的，即兴表演，这是法兰西人热情的天性，他们不需要检阅场上那一套浮华而僵硬的仪式，他们注重的是战场上的自由发挥，潇洒、奔放、富于即兴创造和浪漫色彩。特别是法国军团中狂热的散兵群，一听到枪声便热血沸腾，他们快如疾风、灵如脱兔，一招一式都喷泄出炽热的才华，那简直就是

在这样的军团中，每一个士兵不再是一个战争的棋子，而是富有生命力和创造力的英灵。

生命的欢舞，简直就是一种审美旋律。拿破仑说："不想当元帅的士兵不是好兵。"不对！至少此刻不是这样。此刻他们只想当一名优秀的士兵（或者伍长），因为他们从中享受着淋漓酣畅的快感，或者说进入了华彩段一般的生命境界。在这样的士兵面前，你英吉利的稳重也好，俄罗斯的坚韧也好，日耳曼战车的意志力也好，或者你们抱成堆结成这个同盟那个阵营也好，全都不在话下。并不是说民族性格有什么高下优劣之分，而是因为你们的统帅太愚蠢，把你们的性格活力禁锢在一套僵硬死板的程式之中，那么，战场上高扬的便只有法兰西民族性格的旗帜。正是这面旗帜造就了拿破仑的作战风格，也造就了世界战争史上一系列辉煌的杰作。当然，我们亦不难解释，在伊比利亚半岛旷日持久的消耗战和俄罗斯漫无边际的原野上，所向披靡的法国军旗为什么会黯淡无光。

拿破仑死后以光荣的老兵身份长眠于塞纳河畔，统帅——士兵——民族魂最终定格于一座法兰西风格的圆顶大堂里，这样的归宿是很恰当的。在这里，他静静地注视着法兰西和他的儿女，因为战争远没有结束，炮声还会在某一个早晨响起的。

生命力和创造力都是易耗品，对于旷日持久的消耗战来说，法国人的这种战争风格并不讨巧。

历史不都是向
着进步的势态
发展的，抛弃
了本民族的优
长与特质，也
就走向了衰落
的道路。

　　果然，差不多100年以后，欧洲战场上又重
现了当年反法同盟演出的那一幕愚蠢的惨剧，不
过这次的主角变成了法国人。一位英国军官战后
回忆道："法国军队以19世纪最好的队形出现在
战场上，戴了白手套、修饰得漂漂亮亮的军官走
在他们部队前面60英尺，部队则穿了暗蓝色短
上衣和猩红色裤子，伴随他们的是团旗和军乐
队……士兵们都很勇敢，但毫无用处，没有一个
能在向他们集中射击的炮火中活下来。军官们都
是杰出的，他们走在部队前面大约20码，就像
阅兵那样安详，但到目前为止，我没有看见一个
人能前进50码以上而不被打翻的。"

　　请注意，战争明明发生在20世纪初期的
1914年，这位英国人却用了"19世纪最好的队
形"的说法，其中的讽刺意味是不难体会的。因
此，当人们面对着这里"勇敢""杰出""安详"
之类的褒扬用语时，心底真不知是一种什么
滋味。

　　当时的法军统帅是约瑟夫·霞飞将军。令人
发笑的是，早在拿破仑时代就已经成为战争主角
的炮兵，却被这位将军视为多余的"拖油瓶的孩
子"，他是一名堡垒主义者，也是一名常败将军。
当然，由于他亵渎了法兰西的民族精神，法兰西

开历史倒车的
人最终被历史
所抛弃。

也义无反顾地抛弃了他，凡尔登战役后，他被解职。

八

战争中一个不可或缺的因素：对手。

这似乎是一句废话，因为没有对手当然无所谓战争。但这里所指的对手是就本原意义而言的，即质量上大致处于同一档次的双方，也就是俗话所说的棋逢"对手"，正是在这种碰撞中，战争精神才闪射出不世之光和极致之美。

我们来看看这些对手：恺撒和庞培、汉尼拔和西庇阿、拿破仑和库图佐夫、巴顿和隆美尔、朱可夫和曼施泰因，当然还有东方古国的黄帝和蚩尤、项羽和韩信、诸葛亮和司马懿、岳飞和金兀术、袁崇焕和皇太极等等，读着这些名字，你就会感到一种冷峻峥嵘的质感和倚天仗剑的豪迈情怀，这些都是高质量的对手，他们之间的碰撞不光是意志和智慧的角逐，也是个性和人格的对话。从某种意义上说，他们之间谁是胜利者谁是失败者并不太重要，重要的是他们有幸遭遇了，他们都在遭遇中付出了全部的心智和能量，并且体现了那个时代所能达到的极限。他们互相隔离又互相贴近，互相傲视又互相尊重，互相仇恨又

长期以来，人们对人与人、一对一的争锋对抗一直津津乐道。如果这种对抗发生在两位英雄之间，带有某种"巅峰之战"的意味，观众们一定更会为之如痴如醉。

互相渴求，互相摧残又互相呼唤，互相对峙又互相濡沫，因为对方的分量就是自己的标高，而自己的存在又恰恰体现了对方的价值。有如一经一纬两根力线，他们共同编织了人类的战争史，这中间任何一根力线的质量，都将决定战争的档次。

这两个名字上面没有提到：鲁登道夫和勒芒，就先从他们说起。

第二次世界大战前，作为中立国的比利时是不设防的，直到战争爆发前夕才匆匆组织了一支军队，默默无闻的勒芒将军奉命防守列日的 12 座炮台，而站在他对面的则是赫赫有名的鲁登道夫。这是一场不对等的较量，德军的炮队里拥有当时世界上威力最大的 420 毫米攻城榴弹炮，这种绰号"大贝尔塔"的家伙十分了得，可以把一吨重的炮弹发射到九英里以外。他们原以为列日会像温驯的羊羔一样迎接德军的铁骑，但勒芒和他的士兵硬是坚守了一个星期，请注意，这一个星期对当时的欧洲战场至关重要，英国的军事史家在战后分析道："列日是丢失了，但由于拖延了德国的进军，它对比利时的协约国事业做出了卓越的贡献。"炮台失守时，勒芒将军被俘，德军破例没有取下他的军刀，这是对一个军人的赞赏——尽管他失败了。勒芒和鲁登道夫似乎不是一个级别上的对手，但由于其精神的强悍，他受到了对手的尊重。在这一点上，德国人做得比较大气。鲁登道夫曾参与修改通过比利时包抄法国的"史里芬计划"，战后又和希特勒一起组织纳粹党，政治上的名声很臭，但在作为军人这一点上，他起码是合格的。

但同样是败军之将，同样是在军刀这一体现了军人荣誉的细节上，奥地利的维尔姆泽元帅就比勒芒将军沮丧多了。维尔姆泽是 19 世纪初期欧洲享有盛名的元帅，当他率军在意大利北部的曼图亚要塞和法军对垒时，他 72 岁，而他的对手则是 27 岁的年轻将领拿破仑。结果，维尔姆泽战败投降。受降仪式是隆重而盛大的，当这位年迈的元帅走到胜利者面前，恭恭敬敬地缴出军刀时，却发现站在他面前的并不是拿破仑，而是一名级别较低的军官，这最后的一击使得老元帅目瞪口呆。其实，拿破仑并没有想得这么多，他只是以那惯有的风格马不停蹄地出击，当曼图亚要塞尘埃落定时，他已经闪电般地出现在博洛尼亚战场上。至于受降仪式，那没有多大意思，尽管让手下的人去张罗好了。但不管怎么说，年轻气盛的拿破仑在潜意识里可能并不怎么看重维尔

勒芒和鲁登道夫正如黄盖之于关羽，严颜之于张飞。虽然不是一个级别上的对手，都以人格上的磊落与强劲，获得了对手的尊重。

姆泽，因为这位老朽实在不是他的对手。这是奥地利元帅的悲哀，他戎马一生，最大的遗憾并不在于最后吃了败仗，而在于没有得到对手的承认——特别是拿破仑这样有质量的对手。

真正有质量的对手是这么一种关系，他们并不因为对方的伟大而渺小，相反，他们会当之无愧地分享对方头顶的光环，连他们身后的青史上的书写也不会轻慢地遗忘对方。这实在是一种幸运的纠缠，既险象环生又缠绵悱恻。他们就这样在纠缠中共同创造和升华，并由此走出孤独，获得自由与快感。这一切都体现了生命存在的某种本质，甚至可以说是一种爱的方式，这样的对手难道不应该誉之为伟大、誉之为经典吗？

拿破仑一生中遭遇过无数的对手，但真正够格的只有一个，他就是俄罗斯的独眼将军库图佐夫。

他们的第一次遭遇在奥斯特里茨，库图佐夫惨败，并且差点当了法军的俘虏。但平心而论，库图佐夫不应该为失败负责，因为他只是名义上的总司令，一举一动都受到沙皇和奥皇的牵掣，而拿破仑则拥有绝对的指挥权。但就是在这场不对等的较量中，他们认识了，如同大山和长河在某个切点上猝然相逢一样，他们匆匆对视又匆匆

真正有质量的对手是一种相反相成的关系。

诗人闻一多曾经热情歌颂过李白和杜甫的相遇，把它比喻为晴天里的太阳和月亮碰了头。这里的比喻有异曲同工之妙。

分离，却各自都在心底里欣赏对方：库图佐夫领教了拿破仑雷霆万钧般的迅猛和果决，而拿破仑则感到了库图佐夫的老谋深算和不可捉摸。于是他们都选择了对方，把对方摆到了值得一搏的对手的位置上，因为真正的较量迟早要到来的。

1812年秋天，拿破仑远征俄罗斯，沙皇亚历山大一世只得起用他并不喜欢的库图佐夫为总司令。

"这可是一只狡猾的北方老狐狸。"拿破仑在得知库图佐夫的任命时，意味深长地说。

"我将努力向这位伟大的统帅证明，他没有说错。"库图佐夫在得知拿破仑的反应后，同样意味深长地说。

你看，枪炮还没有对上话，两位巨人之间的格斗已经开始了。一个天才的质量，只有能与他匹敌的对手最有资格评价，当彼此对视的目光猝然相击时，那金属碰撞般的脆响和火花是何等嘹亮辉煌。

库图佐夫一路退却，他要用漫长的交通线来拖垮拿破仑。

拿破仑步步进逼，他渴望着在一次决定性的战役中摧垮对方。

终于到了莫斯科附近的博罗季诺，那么就摆

开架势较量一下吧，当时的力量对比是：法军13.5万人，俄军12万人，双方势均力敌。拿破仑擅长进攻而不长于防守，库图佐夫则恰恰相反，很好，战场态势正好是法军进攻、俄军防守，让他们各自展其所长，这样既体现了公平竞争的原则，场面上也会更好看。

战斗是惨烈而悲壮的，但双方的战术组合似乎不那么精彩，整个过程如同一场简单的正面冲突。<u>这就像两位超一流的棋手对弈，盘面看上去反倒平淡无奇，但这是种更高境界的平淡，一招一式都力重千钧、别无选择。</u>对方都是天才的统帅，实力亦大致相当，任何一方都不可能把对方一口吞下，也不可能从正面抽出多大的兵力实施迂回机动或突击，因此，他们只能这样死死地厮咬在一起，在反复攻击和坚守中等待转机。高手之间的较量大致如此：有时表现为互相竞赛着发挥，双方奇招迭出、痛快淋漓，令人拍案叫绝；有时则表现为互相制约，不让对方有丝毫闪展腾挪的机会，场面亦朴素得近乎原始的角斗。在博罗季诺战场上呈现的就是后一种情况。

那么，此时此刻双方的统帅呢？且看——

拿破仑坐在舍瓦尔季诺山下的指挥所里，无动于衷地听着战场上传来的轰响，他几乎从不过

平中见奇。

问战斗情况，似乎那一切离他十分遥远。

在战场的另一端，库图佐夫坐在他的指挥所里，如果不是他手里微抖动的马鞭，周围的将军和副官还以为他睡着了。

这是两个巨人之间的抵牾，他们都在努力把自己强悍的精神发挥到最大值，努力承受对方山一般的重压而不断裂，于是他们被迫还原成生命的本原状态——沉寂。你不知道他们内心是从容还是颤悸，这状态似乎与叱咤风云、雄姿英发之类不沾边，但你必须承认，它更加惊心动魄。

泰山崩于前而色不变，麋鹿兴于左而目不瞬，这是何等的大气度、大沉着。

多么残酷的巨人之战！到了这时候，决定胜负的恐怕只有冥冥上苍了，那么就听天由命吧。

战争的结局是：法军伤亡4.7万人，俄军损失4.4万人，双方打了个平手。但从战略上讲，库图佐夫胜利了。博罗季诺之城是拿破仑入侵俄国的第一次也是最后一次重大战役，此后便是拿破仑进入被焚毁一空的莫斯科而后又被迫退出，直到狼狈地逃回巴黎。

千载谁堪伯仲间。

值得一提的是，当拿破仑和库图佐夫在俄罗斯原野上交手时，他们麾下各有一名高参：约米尼和克劳塞维茨，这两位后来都成为世界级的军事理论巨匠，他们的代表作分别是《战争艺术概论》和《战争论》，相信所有对战争稍有兴趣的人都会知道这两本书。统帅的质量是这般匹敌，手下的辅佐幕僚又恰巧是同一档次的精英，这样的对手真可谓天作之合。

拿破仑失败后，当俄军中的某个军官用轻薄的口气嘲笑拿破仑时，库图佐夫打断了他的话，严厉地说："年轻人，是谁允许你这样评论伟大的统帅的?"——请注意，库图佐夫从来都是这样称呼拿破仑的：伟大的统帅。

英雄惺惺相惜。

同样，拿破仑也忘记不了这位俄罗斯伟大的统帅，在流放圣赫勒拿岛的日子里，和库图佐夫之间的较量一直死死地纠缠着他："真是天晓得，法军本来稳操胜券，但俄军却成了胜利者。"这位永不言败的科西嘉人是多么想和对手再来一次决斗!

这就是对手。

只有库图佐夫才够得上是拿破仑的对手。

那么威灵顿呢? 难道……

很遗憾，这位都柏林的公爵够不上，尽管他最终战胜了拿破仑。滑铁卢是拿破仑戎马生涯的最后一战，任何天才都无法逃避最后那宿命似的终结：胜利或失败。如果我们的目光不那么势利，就应该承认这种终结并不体现一个人的全部分量，而且就生命体验而言，后一种结局似乎更为珍贵而结实，这就是英雄末路的悲剧美。威灵顿的目光倒不见得势利，但是他胆怯，滑铁卢战役之后，拿破仑退位，本拟流亡美国，但途中被英国军舰拦截，威灵顿一定要将他放逐到离陆地数千里之遥的孤岛，并且由英军看管。他害怕拿破仑东山再起，在这位失势的巨人面前，他也不敢挺起身躯与之堂堂正正地对视，他的灵魂在颤栗。

威灵顿只是一个工于心计的政客，我们当然不能说他不懂战争，却可以说他更懂得在收拾战场时如何收拾对手。

九

战争结束了，但战争拒绝死去，于是把最精彩的段落定格为遗址。遗址不是遗骸，它仍然澎湃着生命的激情。因此在所有的遗址中，我最欣赏战争遗址。

战争遗址不是花前月下精巧的小摆设，也不是曲径回廊中的呢喃情话，这些都太逼仄、太小家子气。它恣肆慷慨地坦陈一派真山真水和荒原，连同那原始的野性和雄奇阔大的阳刚之美。且不说那俯仰万里的长城和崔嵬峥嵘的栈道，也不说那塞外的边关和风尘掩映的古堡，就在我周

《晋书·宣帝纪》记载魏蜀之战时，司马懿"闭军固垒，莫敢争锋，生怯实而未前，死疑虚而犹遁"，司马懿躲在堡垒里不敢与诸葛亮决战，在诸葛亮生前不敢与其争锋，诸葛亮死后还把他吓退几十里。

从战争人物写到战争遗址，大手笔挥就一曲完满的战争颂歌。

围这片柔婉清丽的江南山水中，也随处可见古战场雄硕的残骸。你看那江畔岩石上巨大的脚印和马蹄印，那是生命伟力的杰作，使人不由得联想到当初那凌波一跃的凛凛身姿。还有青石板上千年不朽的剑痕（几乎无一例外地叫"试剑石"），面对着它，所有关于剑的诗句都显得太苍白，什么"一剑曾当百万师"，什么"踏天磨刀割紫云"，都不足以形容。它就是一道剑痕，充满了质朴无华的力感。这些当然都是理想化的夸张，属于假托的鬼斧神工，但没有谁去推敲它是否真实，那并不重要，重要的是呼啸其中的威猛和强悍。这是一种人类精神的底蕴，它流淌在一切健康人的血脉里，令人产生一种挟泰山而超北海或倚天仗剑那样的豪迈情怀。这时候，即使是彬彬弱质的蒲柳之躯也会"好战"起来，"男儿何不带吴钩，收取关山五十州"，其实岂止是男儿？又岂止是为了收取边关的功名？

我早已步入中年，半辈人生中也曾经历过铭心刻骨的贫困、痛苦、屈辱和抗争，甚至经历过死亡阴影下的恐慌和等待，当然还有并非每个人都能经历的欲生欲死的爱情（那是一种怎样的轰轰烈烈的伟大啊）！每一次这样的经历都使我感到生命的张力到了极限，都犹如一次战争的洗

无缘战争，不妨创作、欣赏战争文学，它既可以唤醒读者沉睡的人性与良知，也可以使人们的攻击本能得到释放，生存智慧得以开启。这就是战争文学奇特的含糊性与两面性，也是战争文学的深层悖论与永恒魅力所在。

礼。但我从未经历过一次真正意义上的战争，我至今不知道战场上的硝烟和节日弥散的火药味有什么不同。展望天下大势，我这辈子很可能将无缘战争，每每念及，总觉得是一种缺憾。滚滚红尘中，我并不眼热别人的玉堂金马和锦衣美食，一点都不眼热；但面对着别人身体上一块战争留下的疤痕，我常常会抑止不住灵魂的颤动，我知道，这是一种羡慕。都说没有经历过战争的人生是幸运的，有谁知道这也是一种不幸呢？

既然无缘战争，那么就吟一阕《战争赋》吧，不光是为了祭奠和警喻，更是为了解读和欣赏，为了抖擞精神走出一路昂奋和阳刚。

第二单元　文人反思

文人在中华民族的历史舞台上担当着举足轻重的角色。

中国的文人是一种复杂的生命体，他们才华横溢，他们命途多舛，他们时而让你的心头百般不是滋味，时而又叫你不得不心悦诚服。

在这本书所展现给我们的历史画卷中，文人是最不受时代局限与最耐人寻味的一番景色。越是耐人寻味，就越容易引发人们不同角度的思考，或许当读完这本书时，你会对中国文人的独特性有更深刻的体认。

试试看。

文章太守

一

每座城市都自诩为文化古城，都有几处古董、准古董或伪古董。翻开地方志，言之凿凿的文明史都可以追溯得相当久远。我徜徉在城市的陋巷和郊外的石级小道上，身边是荒寺古木，塔影斜阳，石碑已漫漶难辨，粉墙洇蚀，有如老妇脸上的寿斑。我知道，在这些残碑、古塔和地方志之间，应该隐潜着几个青衫飘然的身影，寻找他们，是为了寻找一种远古的浪漫，一个关于飘泊、诗情和文化个性的话题。

终于来到了扬州，听到了欧阳修吟诵《朝中措》的声音，那声音凝固在平山堂前的石碑上。平山堂是欧阳修任扬州太守时所建，但这首词却是他离任多年后在开封写的，当时他已经升任翰林学士，又勾当三班院。"勾当"是宋代的流行用语，并没有贬义，用现在的话说叫"主管"。

所谓文化古城，大抵是由文化人格来支撑的。

152

勾当三班院大致相当于中央办公厅主任，实权是很大的。这位欧阳公在京师的殿阙里"勾当"之余，忆及当年在扬州的外放生涯，却相当留恋，特别是词中的"文章太守，挥毫万字，一饮千钟"几句，很有点洋洋自得的意味。这自得不仅因为他的诗酒风流，而且因为他是一方的最高长官，因此，他那"挥毫万字，一饮千钟"的放达就不光是一种个体性的生命呈示，而且定格为流韵千古的文化风景。在和自然山水的秋波对接中，他超越了时空，也超越了自我，成了一座城市的代表性诗人。在这里，欧阳修笔尖轻轻一点，触及了中国历史上一个很有意思的文化现象：文章太守。

"文章太守"无疑是一顶相当风雅的桂冠，可是当我们在浩浩人海中进行资格认定时，目光却渐至迷茫。因为在大部分的升平时代，官吏总是由文人承担的，而选拔官吏的途径是科举，也就是考诗赋文章，那么可以想见，能当到一方太守的大概文章都写得不错，就像现在提拔一个市长，起码是"大专以上"，至少也是"相当于"。这样一推论，所谓"文章太守"就没有多大意思了，因为大家都可以堂而皇之地列入其中。但事实上，绝大多数的官吏虽然也有文化，但他们的

古代官员因外放赋诗怀念京城的很多，做京官写文回忆外放生涯的绝少。欧阳修的这种反常行为值得关注。

一代文豪遭贬之后纵情山水，在原生态的自然山水中实现人生升华。这种纯真健康的人格成为一座城市永恒的精神标志。

人生价值主要不是因为文章写得好，而是因为官场行为。能称得上"文章太守"的，起码应该是一些在中国文化史上有相当影响的人物，他们生命的辉煌在于文化呈示和文化定位，当官则带有"反串"的性质。例如，同样是高级官僚，而且也有过相当不错的政绩，人们总习惯于把屈原、白居易、苏东坡、辛弃疾、郭沫若归入文化人一类；而同样是文坛高手、风骚教主，人们又习惯于把曹孟德、李隆基、明代的"三杨"（杨士奇、杨荣、杨溥）以及毛泽东归入政治家的行列。至于像李后主那样的角色，虽贵为国主，恐怕还是算他一个"开山词宗"较为合适。

"文章太守"，先看"文章"，其次才是"太守"。

问题还不仅仅于此。有些官员的诗文确实也不错，照理也可以称为"文章太守"的，但是再看看他们的文化人格，我们只能不无遗憾地让目光跳过他们的身影。例如唐代有一个叫李远的人，据说"为诗多逸气"，似乎有点名士风流的派头。唐宣宗时，宰相令狐绹要任命他当杭州太守，宣宗说，"此人做诗，有'青山不厌一杯酒，白日惟销一局棋'的话，能做地方官吗？"皇帝怕他文人气太重，管不好政务，但还是答应让他试试。从皇帝都知道他的诗这一点来看，他在当时的文名是不小的。李远上任后，倒也清廉能

"文章太守"，除了要具备"文章"和"太守"两方面，还要看是否有健全的文化人格。

干，很得人心。却又不改名士派头，做诗喝酒是不用说的了，而且喜欢收藏文物，特别注意天宝遗物。他曾在关中一个和尚处访得一双杨贵妃的袜子，从此奉为至宝，常常取出来给朋友玩赏，并说："我自从得到这双又软又轻、既香且窄的妙物以后，每见一次，就好像身在马嵬坡下，与贵妃相会。"他有不少诗都是以此为题材的，宣泄了一种色情狂的心理。这种人，虽然"文章"和"太守"两方面都说得过去，却不能称为"文章太守"——他们的文化人格过于猥琐。

我们还是走进历史的长廊去作一番巡礼。起初我以为西汉的贾谊当之无愧，因为他有"贾长沙"的别称，想必是当过长沙太守的了。但一查，不对，他的头衔是长沙王太傅，也就是家庭教师。"可怜夜半虚前席，不问苍生问鬼神。"他一生不得志，很可惜。接下来轮到被曹操杀头的孔融，他是"建安七子"之一，也确实当过北海令。但北海弹丸小郡，是个不起眼的县级市，孔融在那里的身影亦缥缈难觅。南朝的谢朓是宣城太守，人称"谢宣城"，"蓬莱文章建安骨，中间小谢又清发"，李白对他的诗是很欣赏的，且算他一个。再往下就是风华绝代的唐宋了，这两朝都崇尚文治，文章太守出得最多，也最为典型。

从京师到各州郡的官道上，外放的翰林学士络绎不绝，衣带当风，卷帙琳琅，这是一幅令后人多么期羡的风景！山川和美人，历史和诗情，英雄梦和寂寞感，生命意志和浪漫情韵，这一切都在车轮和马蹄声中梳理得那样熨帖——我们毕竟有过一个云蒸霞蔚的盛唐，也有过一个虽不算强盛，却风情万种的两宋。

唐、宋是中国文化史上两颗璀璨的明珠，唐文化开放、外倾、色调热烈、气势雄浑；宋文化含蓄、内敛、色调淡雅、细腻丰满。

二

既然"文章太守"的称号首先出自欧阳修之口，我们就先从他谈起。

欧阳修是北宋人，北宋是一个高薪养廉的时代，当时的文人都想在中央做官，那里有更多的晋升机遇，生活也更加风流旖旎，外放到州郡去的都是因为官场失意。庆历六年九月，欧阳修出任滁州知州，他自然也是很失意的。官船沿汴水入淮河迤逦而行，两岸柳黄霜白，满眼秋色，长空中传来几声雁鸣，凄清而悠长，一种莫名的惆怅感袭上他的心头。迁徙之路本来就是孤独而荒凉的，偏又逢上这萧索的秋景。

以景衬情，倍增其哀。

失意的原因就不去说他了，政治这东西很复杂，三言两语很难说清楚，反正就这么回事，一个正直而书生气的文人在官场中被同僚踹了一脚，落荒而走，到下面来当太守。官场失意，情绪自然不会好，才40出头的人，便自号"醉翁"。醉眼蒙眬看世界，天地一片浑沌。但他渐渐发觉当一个地方官也挺不错，首先是自由，特别是心灵的自由。这里远离政治斗争的中心，官场的吵闹声被千里荒原和长风豪雨阻断，微弱得几乎可以忽略不计，于是便用不着整天揣摩上司和同僚的眼色，也省去了许多站班叩头和繁文缛节。这里虽没有京师那样高档次的勾栏红楼，却有一派充满了生机和野趣的自然山水。文人本来就对自然有一种天性的向往，那么，就扑进大自然的怀抱，展示出一个更纯真更健全的自我吧。

远离风起云涌的权力中心，却能收获一份心灵的闲适自由。当然，这份自由也不是谁都能领受，还需要一份超然的胸襟。

他走进了滁州西南的琅琊山，山光水色中流出了中国散文史上的灿烂名篇《醉翁亭记》。这是一篇赏心悦目的游记，更是一曲心灵的咏叹和吟唱。500多字的散文以10个"乐"字一以贯之，那令现代人读来颇有点拗口的"之乐""而乐""其乐"和"之乐其乐"中，似乎透出作者压抑不住的朗笑。其实作者的内心深潜着巨大的悲愁，究竟是山壑林泉之美暂时掩盖了他心灵深处的痛苦，还是原生态的自然山水升华了他的人生境界，使他以一种更为高远旷达的眼光来审视生命呢？似乎很难说清楚。反正《醉翁亭记》诞

文字中传出的声声朗笑几乎是扑面而来的。

应该说两者都有，但是一个人若能长久地享受这份心灵的安适、自由，一定需要来自后者的力量。

生了，诞生在一个失意官僚的踉跄醉步之下，诞生在夕阳和山影的多情顾盼之中，诞生在心灵的困顿和再生之后。它那摇曳多姿的情韵，不仅让无数后人为之心折，而且当时就产生了轰动效应。

且看《滁州志》中的这一段记载：

> 欧阳公记成，远近争传，疲于摹打。山僧云：寺库有毡，打碑用尽，至取僧室卧毡给用。凡商贾来，亦多求所本，所遇关征，以赠监官，可以免税。

读了这一段记载，我真是感慨万千。在那个崇尚文化的宋代，为了拓取石碑上的一篇文章（而且是当代人写的，并非古董），竟把寺庙库房里的毡子用尽了。<u>从拓碑者那络绎不绝的身影和朝圣般的虔诚中，我们看到了一种文化精神的闪光。可惜今天我们已无缘遭逢这样的景观了。</u>今天各地的名胜古迹中，名人碑刻自然并不鲜见，游人中有识趣的，站在面前吟读几句，赞叹一番，悠哉游哉地转向别处。而大多数的俊男倩女恐怕看也未必看的，这有什么好看的呢？既没有炫目撩人的色彩，也没有争奇斗艳的形制，更

作者用深情的笔触打捞起历史长河中的文明碎片，在古今对比之中，我们看到了当代社会人文环境的稀薄，发人深省，引人深思。

不宜于相依相偎着谈情说爱。他们从前面走过时，目光中透出游离和浮躁；或偶尔趋近，只不过是为了磕去鞋跟上的泥污，然后哼着流行歌曲翩然而去。

当然，我们或许可以批评当初那些拓碑者中某些人的动机，例如那几个做生意的款爷，他们寻求拓片的目的，只不过是为了行贿沿途的税官，以求得对方高抬贵手。但透过这种相当功利性的举动，我们仍然感到了一种浸润着文化色调的温煦。税官以他职业性的贪婪审视着一件当代碑刻的拓片，他的眼睛或许一亮，然后相当满足但又不动声色地笑纳——他掂出了这卷宣纸的分量。税官自然是可恶的，但我却固执地认为，这个收受拓片的税官却稍许有几分亲切。也许，他只是想用这件小玩意装点一下自己的客厅，但比之于镶金嵌银富丽堂皇，用拓片装点似乎更顺眼。或者，他只是想用这卷宣纸转手行贿自己的上司，以谋取更好的前程，但我们却宁愿看到权贵们笑纳一件拓片而不是红包、彩电、金项链和"三陪女郎"。在这里，税官及其上司可能并不具备一个鉴赏者的文化品位，他们的动机可能纯粹是为了附庸风雅。但我仍然固执地认为，<u>附庸总比不附庸好，因为附庸本身就是</u>

以平民文化为基调的中国，曾在一段时期里对风雅嗤之以鼻，然而附庸风雅就一定比不附庸风雅该遭唾弃吗？或许我们应该对传统文化中的士大夫情调少一些意识形态的鄙夷，多一点文化视角的包容。

一种认定——对附庸对象的价值认定。试问，谁曾听说有人附庸粗俗、附庸浅薄的？附庸风雅，至少说明他们还把风雅当回事，还认为是值得仰慕可以炫耀的，甚至还有一点小小的崇拜。如果大家都来附庸，蔚成风习，对提高全社会的文化品位大概没有坏处。真正可悲的倒是没有人来附庸，人家眼中的文化只是那种快餐式的歌厅、舞厅、卡拉 OK 或美容桑拿之类，而家中本来可以放几本书的地方却显摆着人头马和路易十四。因此，我由衷地感慨我们曾有过一个宋代，那时一件小小的拓片竟那样风靡，让贪得无厌的税官也为之开颜。

《醉翁亭记》之所以能流韵千古，与当初的那些拓片大概不无关系。滁州是淮北小城，欧阳修那期间的情绪也不好，寂寥烦闷之中，可以散散心的地方大抵也只有那座醉翁亭。<u>与之相比，苏东坡在杭州的太守生涯，色彩就丰富多了。</u>

苏东坡一生中颠颠簸簸地做过好几任太守，他那光华夺目的诗文有相当一部分产生于州府的庭院里。"我独不愿万户侯，惟愿一识苏徐州"，这是秦观早年写给苏东坡的诗。当时苏东坡在徐州当太守，政绩和文名都令人倾慕。他从翰林学士调任杭州太守是元祐四年的春天，对于这位大

通过对比，自然引出苏东坡。

诗人来说，在杭州曾有一段充满了审美体验的浪漫人生，15年前他在那里当过通判，他吟诵的那些诗句至今仍在杭州的楼馆和街巷里传唱，他当然很乐意到那里去。离开京师前，83岁的老臣文彦博特地来送他，劝他不要乱写诗，苏东坡已经跨在马上，他很理解老前辈的一番好心，也知道有一帮小人用阴险的目光盯着他，时刻准备为他的诗下注解（这种注解可不是什么好事）。他仰天一笑，向文彦博拱拱手，策马往杭州去了。这次他走的是旱路，旱路比水路多了几番颠沛，却比水路快疾。杭州有山水，有诗歌，也有美人，那里是一个新鲜活泼的生命世界，他渴望着尽快走进那个世界。

文彦博的忠告他是记在心里的。到杭州后，苏东坡确实有一段时间没有写诗。但不写诗不等于没有诗化的生活，杭州本身就是一首诗，在这里，他尽情地享受生活的美，用自己的灵性去拥抱和体验生活中的诗情。这是一种人生的大放达，一种与自然和谐共处坦诚对话的大自在。人在诗中，诗在胸中，是不是见诸笔墨传唱闾巷并不重要。他住不惯市中心的太守官署，那里不仅远离了西子湖风姿绰约的情韵，而且森严的照壁也隔断了柔婉的市声和鲜活灵动的江南烟水。因

苏东坡一生曾两次到杭州出任地方官。第一次是在熙宁四年（1071年）至熙宁七年（1074年），任通判（知州的助理官），当时苏东坡36岁。第二次是在元祐四年（1089年）至元祐六年（1091年），任太守。

此，他常常"走出彼得堡"，住在葛岭寿星院的一栋小房子里办公。那里有一处雨奇轩，一听这名字便会想到当年他写的那首赞美诗：

> 水光潋滟晴方好，
> 山色空蒙雨亦奇，
> 若把西湖比西子，
> 淡妆浓抹总相宜。

这首绝句后来成了抒写杭州和西湖的代表性诗篇。

有时，他会独自一人走进某座寺院，脱下纱帽和官服，四仰八叉地躺在竹林里。清风徐来，竹影婆娑，这是真正销魂的时刻。庙里的小和尚用敬畏的目光偷看这位大文豪，他们看到苏东坡背上有 7 颗黑痣——这无疑是一项相当了不起的发现，足够他们日后津津乐道的了。中国古代的诗人似乎与和尚和妓女有某种不解之缘，苏东坡在杭州也少不了和这两种人打交道。和尚往往是哲人兼俗人，妓女中则不乏灵气和悟性很好的奇女子。对于诗人来说，和他们的交往是灵性生活与感观生活的统一，诗情与哲理的升华。据说，有一次他泛舟西湖，曾和一个叫琴操的妓女互斗

活脱出一个放荡不羁的东坡形象。

由"寺院"引出"和尚"，又勾连出"妓女"，环环相扣，自然妥帖。

禅机，这实际上是一次关于人生哲学的对话。苏东坡自扮佛门长老，请琴操装成参禅弟子。按照佛规，自然是徒弟问，师父答。围绕着眼前景、心中事，这场师徒间的对话很有意思：

琴操问："何谓湖中景？"

东坡答："落霞与孤鹜齐飞，秋水共长天一色。"

琴操又问："何谓景中人？"

东坡答："裙拖六幅湘江水，髻挽巫山一段云。"

琴操再问："何谓心中意？"

东坡答："随他杨学士，鳖杀鲍参军。"

琴操是个极聪颖的女孩子，她显然听出了苏东坡的答辩弦外有音，又径直问道："长老所言，究竟意当如何？"

苏东坡又赠一句："门前冷落车马稀，老大嫁作商人妇。"

琴操当即恍然大悟，知道太守是规劝自己及早脱却风尘。想起往昔供人戏弄和蹂躏的辛酸生涯，念及日后凄凉的晚景，琴操万念俱灰，当天就削发为尼了。

我一直怀疑这段传说的可靠性。苏东坡是个天性温厚的人道主义者，按理说他不会用这样的

出自唐人李群玉《同郑相并歌姬小饮戏赠》，用衬托的手法写出了美人与美景交相辉映的意态。

杨学士指"初唐四杰"之一的杨炯，鲍参军指南朝宋诗人鲍照，都是人微才高、有志难伸的俊杰。

方法把一个弱女子导入生活的误区。因为从青楼而遁入佛门，并不能说是真正的解脱。但这样的传说却道出了苏东坡的另一种无奈，无论是绮丽的山光水色，还是诗情与哲理，都回避不了冷酷的人生现实。当琴操最后走向青灯黄卷的佛堂时，诗人的目光中当会流泻出相当真诚的忧伤，而且也肯定会想到一些更深远的命题的。

心远地自偏，真正的解脱不在于身体的遁入空门，在于心灵的超然物外。

三

苏东坡所想到的命题，也是中国的文人士大夫们终身为之魂牵梦萦的，这个命题叫作济苍生。中国的文人士大夫有一个很不错的传统，即把儒家的用世之志与道家的旷达精神结合得较好。事实上，苏东坡在杭州不仅仅是优游山水，他是个有相当建树的行政官员，他留下的那些业绩，有几桩甚至称得上是开天辟地的创举。例如，他建立了中国历史上最早的孤儿院和公立医院，这中间影响最大的无疑是他为杭州城建立了良好的供水系统，此举因为与治理西湖有关，历来被传扬得十分风雅，似乎那只是为了人们日后泛舟赏荷的便利。一个大文豪，他的一举一动——哪怕是最普通最实际的举措——也会被渲染成一种诗意化的浪漫，反而忽视了为百姓排忧

文名掩盖了官名，苏轼"文章太守"的得名正在于此。

解难的耿耿初衷。

　　苏东坡在杭州当太守是北宋元祐年间。他当时没有想到，几十年以后，杭州会成为宋王朝新的都城，而他殚精竭虑所兴建的那些工程，恰恰是为那一班仓皇南渡的君臣准备的。西湖整治好了，可以夕阳箫鼓，也可以曲院风荷。城市基本设施一应俱全，市民们既具有南方人热情的天性，又极富于文化素养，"暖风熏得游人醉，直把杭州作汴州"，一切都美轮美奂。难怪宋孝宗赵昚坐在杭州的宫城里阅读苏东坡的作品，尤其是他的那些奏议表状时，竟钦佩得感激涕零。于是谥给他"文忠"的荣衔，又追赠太师的官位。在皇帝亲自起草的圣旨中，有"王佐之才可大用，恨不同时"的句子，可见他对苏东坡的推崇了。在人们的记忆中，赵昚上台后，被重新评价且给予极高荣誉的只有两个人，除去苏东坡外，另一个就是屈死在风波亭的岳飞。

　　孝宗皇帝在新宫城里翻阅的那些奏章中，大概就有苏东坡为整治西湖而写给太后的报告。这份报告很有意思，从中我们可以看出苏东坡政治上的机敏，并不是通常想象的那种书呆子。他列举了整治西湖刻不容缓的五条理由，其中第一条竟是佛家的说法，怕西湖淤塞，鱼儿遭殃。因为

与民间对苏东坡的诗化不同，君王看重的是作为政治家的实用的苏轼。

对历史材料的细致梳理，深入分析，才能在字里行间得出令人耳目一新的非凡见解。

太后是女人，女人的心一般都是水做的。而且太后又信佛，佛家以慈悲为怀，视杀生为大忌。这一条理由恐怕苏东坡本人也未必相信，他虽然经常与和尚讨论佛法，但那是把佛法作为一种哲学来研究的。他的诗中充满了那么大胆的"天问"，每一次"把酒问青天"都是对科学殿堂的叩击，都闪烁着朴素唯物主义的思辨之光。例如，他曾设想月亮上的黑点是山脉的影子，这种大胆的设想直到近代才被科学发现所证实。因此，对佛家那些因果报应六道轮回的鬼话，他未必相信。但这不要紧，只要太后相信，就应该堂而皇之地排在第一位。接下来的理由是西湖关系到造酒的水源，这一条也很重要，因为酒税是国家财政收入的大宗，而财政问题历来都是很敏感的，不能不引起中央的高度重视。有了这两条，就从意识形态到经济基础两方面把太后征服了，再接下去才是城市供水、农田灌溉、运河流水。这样的报告送到京师，太后马上就批复同意，并且给了17 000贯钱。苏东坡算算这笔钱还不够，便在用足政策上做文章，卖了100道僧人"度牒"——这颇类似于现在有些地方卖户口的做法——又得到17 000贯钱。他用这两笔钱把事情办得很圆满，最后还用修湖废弃的葑泥筑了一条长堤，这

苏轼有一肚皮的不合时宜，却也有十分的进谏的智慧。

为政灵活。

就是与白居易的"白堤"齐名的"苏堤"。

苏东坡是幸运的,他一生曾先后得到三位太后的赏识。但对于绝大多数的文人士大夫来说,这样的幸运毕竟可遇而不可求,在他们身上,兼济天下的使命感常常消磨在壮志难酬的扼腕之中。他们的一生总是在"忧"字上做文章,一个梦魇般的"忧"字,成了中国文人千古不绝的浩叹。从屈原到后来一代又一代的文人士大夫,几乎概莫能外。看看汨罗江畔那幽怨的足迹吧,徘徊复徘徊,凝聚着的正是"政治失恋"的巨大痛苦。这就难怪另一位"文章太守"范仲淹站在岳阳楼上,发出"进亦忧,退亦忧"的感慨,并把这归结为一种"古仁人之心"。生死以之的忧患意识,构成了中国文人普遍而独特的精神图谱,从某种意义上说,他们从来就不曾真正潇洒过。

白居易也在杭州当过太守。一般认为,这位香山居士是很会享受的,所谓"樱桃樊素口,杨柳小蛮腰"是他生活的一大乐趣。在杭州这种地方,他自然不会冷落了自己,不信,有诗为证:"玲珑箜篌谢好筝,陈宠觱栗沈平笙,清弦脆管纤纤手,教得霓裳一曲成。"商玲珑、谢好、陈宠、沈平,是他在杭州物色到的四位擅长吹弹管弦的姑娘,白居易都为她们写了诗,还把她们组

由苏轼的幸运引出更多文人士大夫的不幸,增加了历史的厚重感。

详略得当,同样是"文章太守"的范仲淹,作为历史长河中"忧"的一个例证,一笔带过。

同一个杭州,串起了苏轼与白居易。

织起来教练演奏《霓裳羽衣曲》。练成之后，就在西湖边的虚白堂前演出，那排场是可以想见的。白居易后来在洛阳写的那几首《忆江南》，同样成为抒写杭州的代表性诗篇。江南好，江南忆，一唱三叹，写尽了杭州的风华旖旎和声色姣媚。但这只是太守生活的一个侧面。十一月的大寒天，太守在官邸里围炉拥裘时，想到的却是老百姓连粗布袄裤都穿不上身的困窘，两种生活境遇的反差，使他陷于深深的愧疚之中。只要看看白居易写过的另外一些诗篇（例如《观刈麦》《杜陵叟》《卖炭翁》等），就可以知道这并非诗人无病呻吟的矫情，而是发自心灵深处的人道主义呼唤，不然他不会有如此奇特的想象：

> 我有大裘君未见，
> 宽广和暖如阳春。
> 此裘非缯亦非纩，
> 裁以法度絮以仁。
> 若令在郡得五考，
> 与君展覆杭州人。

在成都草堂那个秋风肆虐的早晨，我们曾见过诗人杜甫设计的一座广厦，其宽敞与温煦曾令

诗酒风流只是士大夫的一个侧面，心忧天下才是一个有良知的士大夫的本色。

推己及人，达则兼济天下，这是白居易新乐府诗中一以贯之的精神主题。

无数读者仰之弥高、心情激荡。现在，我们又在杭州冬日的漫天风雪中，见到了另一位大诗人设计的一件足可展覆全城的大裘。以我的孤陋寡闻，这大概是古今中外文学作品中出现的最磅礴的衣衫。白居易的诗好多写得相当通俗，有些几乎堕入打油的格调，这一点苏东坡颇不以为然，鄙之为"元轻白俗"，认为白诗过于浅俗，没有多大意思。平心而论，就艺术张力而言，上面所引的这首诗与杜甫的《茅屋为秋风所破歌》确实不在一个档次上，但从中我们却看到了什么叫源远流长的人道主义，什么叫中国知识分子的人格、情怀和永恒的焦虑，什么叫"为时而著"与"为事而作"的现实主义文学传统。白居易在杭州不到3年，却为人民办了不少好事、实事。当他离任的时候，杭州的老百姓纷纷饯送，甚至有遮拦归路，号哭相阻的。我想，作为一个地方官，这滂沱泪雨和牵衣顿足的送别即使不是一种最高荣誉，也是比晋升的调令以及上司的赏识之类更权威，也更值得珍惜的了。

这衣衫有大关怀、大悲悯，因此最"磅礴"。

　　现在我们该回到扬州，去看看欧阳修建造的平山堂了。关于平山堂，至今仍有一副写景摹胜的楹联，联语云：

衔远山，吞长江，其西南诸峰林壑尤美；

送夕阳，迎素月，当春夏之交草木际天。

虽是集句，却贴切地表现出平山堂的迷人景色，读来如在目前。

不难看出，这是集《岳阳楼记》《醉翁亭记》《黄冈竹楼记》《放鹤亭记》中的名句而成的。中国的文人历来喜欢玩这种掉书袋的文字游戏，<u>但这一次却玩得相当精当</u>。

　　史料中有不少关于欧阳修在平山堂观光宴乐的记载，有些场面是很出格的，像"坐花载月"那样的玩法就相当排场。后人在评论宋代词坛时，有"同叔温馨永叔狂"的说法，同叔是婉约派词人晏殊，永叔即欧阳修。在这里，欧阳修的"狂"恐怕不仅仅是指诗酒风流，还应包括人的品性及政治抱负之类。欧阳修是在中央做过大官的，人称有宰相之才，他到扬州来，自然要干一番利国惠民的事业。这样，他就陷入了一种深深的困惑之中。扬州太出名了，现在又有了一处平山堂，过往的官吏文士，不管相干的还是不相干的，都要来拢一拢。来人了，太守都得陪，平山堂自然是要去的，酒也非喝不可，于是"革命的小酒天天喝"，时间长了，他感到很累，也感到实在没有意思，便自己要求调到颍州去。颍州是个偏僻的小城，大概不会有这么多的送往迎来吧。

欧阳修是庆历八年二月到扬州的，第二年正月迁知颍州，时间不到一年。史料中没有留下多少他在扬州的政绩，只有一座平山堂。他走得很匆忙，不是因为政务的辛劳，而是因为诗酒太繁盛，山水太迷人，宾客太多情。也许有些人认为这是一桩挺不错的美差，自己既很风雅惬意，送往迎来又是公关的绝好机会，宴客旅游，钱是公家的，却可以用来巩固和发展自己的人际关系，这对于日后仕途上的腾达无疑相当重要。但是欧阳修却对这样的美差不领情，一种健全的文化人格驱使着他尽快离开这里。欧阳修走了，从烟柳繁华的扬州走向颍州小城，<u>回望古城的二分明月和平山堂的烟雨楼台，一直纠缠着中国文人的那个"忧"字当会又浮上心头的。</u>

欧阳修迁知颍州的原因有"目疾"说、"为母治病"说、"政治避难"说等，由于年代久远，真相已无从考证，但是从文人精神这个角度去理解欧阳修自请外放的行为，无疑更加温柔、更具光彩。

四

我翻阅过几座城市的地方志，发现其中似乎有一种规律性的遇合：凡是文化昌明的历史名城，其山水街衢间总飘动着几位文章太守的身影。在这里，诗人的抱负、情怀以及"与物有情"的缠绵锐感和城市的性格联结在一起；城市的风情、美姿以及社会生活的各个侧面和诗人的魅力互相得到了最好的展示。"我见青山多妩媚，料青山见我应如是"，辛弃疾的体验虽然很真切，但毕竟说得过于斯文。我觉得若用"两情缱绻""以身相许""风尘知己"或"情人眼里出西施"之类形容男女情爱的说法，可能会更有意思。于是，诗人塑造了城市，以他深婉或高迈的文化品格蔚成了一座城市的文化风习；城市成就了诗人，让他的才情挥洒得淋漓尽致，并且成为一座城市的代表性诗人。面对城市的诗人和面对诗人的城市，是一种灵性的双向对接，他们互相依存，有如一座丰碑两面的浮雕。就像一提起奥茨特里斯或滑铁卢，人们就会想到拿破仑一样；一提起杭州，人们自然会想到白居易忧时的苦吟和苏东坡豪迈的长歌；而一提起诗人杜牧，人们也会想到扬州的青楼艳歌和二十四桥的丽人倩影。

扬州历史上出过多名文章太守，这中间，杜牧的祖父杜佑大概是著述最丰的一个，他的代表作是史书巨著《通典》。值得一提的是，《通典》本着"教化之本，在乎足衣食"的宗旨，把《食货》列为八门之首，在中国古代的史学著作中第一个高扬起"以经济建设为中心"的旗帜，这是很有见地的。杜佑的官衔是淮南节度使，驻节扬州，唐代的节度使兼管地方政务，因此，实际上也就是扬州的最高行政长官。他对青年才子刘禹锡很欣赏，但刘禹锡当时担任太子校书，是东宫属官，他无缘延揽。贞元十六年，徐州军乱，朝廷令淮南节度使领兵讨伐，杜佑乘机表请刘禹锡为掌书记。戎马倥偬中，刘禹锡"恒磨墨于楯鼻，或寝止群书中"，干得很出色。这次军事行动只有几个月，而且以失败告终。此后杜佑回到扬州，他当然不会放刘禹锡再回去了。刘禹锡因此有机会进入了扬州的文化圈子，经常和文友们一起拈花赋诗、对酒联句，逐渐形成了他那废巧尚直而情致不遗的诗风。杜佑从扬州调到中央后，刘禹锡亦随同入京，担任监察御史，开始在政界和文坛崭露头角。因此可以说，扬州是他人生旅程中至关重要的一站，而正是文章太守杜佑给了他同样至关重要的机遇。

文化名城给诗人以滋养、哺育。

文章太守不仅成全城市，也成全他人。

　　杜佑离开扬州大约 30 年以后，到了唐大和年间，当时的淮南节度使是牛僧孺。对于中唐政治史上的"牛李党争"，我不去评说是非，但牛僧孺肯定是一个文人，而且有一定的文化品格。当时他帐下有一个叫杜牧的年轻人。当年杜佑在扬州时，曾提拔过不少文学后进，现在他的孙子在扬州，又得到另一位文章太守的关顾。这绝不仅仅是一种巧合，而是唐代那种文化氛围下相当必然的际遇。对于一个文人来说，不管他后来的成就多高，名气多大，在其人生的某个关键时刻，大抵都曾得到过别人的慧眼赏识和提携，对于这种赏识和提携，他们会铭记终身的。因此，当他们以文坛高手的身份到一个地方当太守时，对当地的文人总会流泻出更多的热情，而一方的文风，也就在这种热情的流泻中兴盛起来。杜牧是个天才型的诗人，却放浪形骸，并且喜欢发牢骚，有时候还喜欢说大话，动不动就论列国家大事。一般来说，当官的不大喜欢这样的文人，往往敬而远之，等到你出了什么问题再一并收拾。扬州是个风月繁华的温柔之乡，这里有的是女人和歌舞。杜牧在牛僧孺手下当掌书记，白天办公，夜间便溜出去狎妓饮宴，过他的风流生活。牛僧孺卸任时，取出一个大盒子交给杜牧。杜牧打开一看，里面都是牛僧孺手下秘密警察的报告，一条一条写着："某月某日，杜书记在某处宴饮"；"某月某日，杜书记在某妓院歇宿"；"某月某日，杜书记与某人在某处游览，有某某妓女陪同"……这样的小报告，看了真叫人心里寒颤颤的。不过别担心，牛僧孺动用秘密警察，其目的并不是为了打探部下的隐私，好日后算账，而是让他们暗中保护杜牧，怕他风流太过，惹出事

文化有它的圈子，织就这圈子的不是金钱权势而是人际情分。文化之所以能够蔚然成风，很大程度上归功于文坛高手感念、反哺的情怀。

杜牧有《遣怀》一诗自述扬州诗酒风流的生活："落魄江湖载酒行，楚腰纤细掌中轻。十年一觉扬州梦，赢得青楼薄幸名。"

端来。杜牧看了这些，大为惭愧，同时也深深地感到太守对他的宽容。牛僧孺稍稍教训了他一顿，劝他检点品德，不要太浪漫了，也只是点到为止，对方脸红了便打住，并不上纲上线。对于牛僧孺这样的做法，用现在的眼光看似乎过分姑息了，但正是在这种姑息之下，杜牧写出了一批风华掩映的好诗，为纤巧疲软的晚唐诗坛吹进了一股清新峭健之风。如果让我们面对一场选择，那么，我们宁愿选择一个在姑息宽容下风流放荡、词采勃发的青年才俊，而不要一个在严格管束下道貌岸然、四平八稳的传统士大夫。

对于天性中的放荡不羁，不是过分压制，反而予以最大程度的保全，这是唐人的雍容，也是唐诗的魅力所在。

　　这样的议论仅仅是浅层次的。其实，牛僧孺的姑息，是建立在深切了解基础上的信任。他知道醇酒妇人只是杜牧生活的一个侧面，甚至只是一种表象。除此而外，还有一个更真实的杜牧，即说剑谈兵，有经纶天下之志的杜牧。受祖父杜佑的影响，杜牧从小就不乐于攻读群经，而好言兵甲财赋之事。有谁相信，这位风流浪子曾注释过《孙子兵法》，并针对危机四伏的晚唐政局，写出了《战论》《守论》《原十六卫》等充满血光之气的文章呢？他是很想在经国大业中有一番作为的，只是由于壮志难酬，才苦中作乐，在脂香粉艳之中寻求解脱。舞低杨柳楼心月，歌尽桃花

天性浪漫是杜牧的特质，但是只靠激情不足以支撑起杜牧整个灵魂，掩盖在浪漫之下的用世的意志是杜牧更深刻之处。

太守的理解成
全了杜牧，也
成全了半部晚
唐诗史。

感念和回馈，
让中华文化绵
延不绝。

扇底风，可诗人的心在流血，这种意欲解脱而不能的深愁巨痛谁能理解呢？牛僧孺能理解，这是杜牧的幸运，也是中国文化的幸运。

杜牧对牛僧孺是非常感恩的。牛僧孺死后，墓志铭就是杜牧写的，这可以作为一个明证。杜牧后来也当过几任州郡太守，留下了不少风流佳话，且提掖过不少青年士子，这些都是情理之中的了。

一般来说，那些被称为文章太守的人物在调任州郡之前，都在中央做过官，而且已经有了相当大的文名。京城的文化圈子很热闹，天子脚下，人文荟萃，摩肩接踵，星光灿烂，大家总认为那里是步入文坛，再由此进入政界的捷径。一首诗写得好，说不定就可以直达天听，名扬天下。于是各路高手争奇斗异，都想打出自己的旗号，人们通常所说的"长安居，大不易"大概就是这个原因。但总的说来，那里是一个贵族化的文化圈子。现在，有几位高手从那个圈子里走出来，走进了远离京城的山野乡风之中。他们听到了民众的歌声，歌声抑扬而俚俗，直往人的心里去。这里没有僻字险韵、奇崛幽深，也没有精警诡谲、秾丽凄清，有的只是缠绵深宛的情致、行云流水般的清新和那股野性的穿透力。

刘禹锡在夔州当太守时，就深深地被这种"四方之歌"陶醉过，且看这位大诗人是何等欣喜：

> 聆其音，中黄钟之羽，卒章激讦如吴声。虽伧伫不可分，而含思宛转，有淇濮之艳。

听得多了，自己的诗风也自觉不自觉地发生了变化，文人诗和民歌在这里找到了流溢着生活质感的契合点，一股不同于京城贵族文化圈内的新的诗风悄然崛起。刘禹锡在夔州创作的《竹枝词》，就是向民歌学习的结果。在《竹枝词九首引》中，他以不经意的语调，道出了一个极富于文学史价值的创作宏旨："后世聆巴歈，知变风之自焉。"很显然，《竹枝词》不是诗人一时的游戏之作，而是有意识地追求一种新的诗风，并以此来影响文坛。刘禹锡是有文化使命感的诗人。《竹枝词》很快便从巴山蜀水流传到长安、洛阳，成为相当风靡的新歌词，以至京城里的高雅诗人发出了"能诗不如歌，怅望三百篇"和"自悲风雅老，恐被巴竹嗔"的叹息。泱泱京都，偌大一个贵族文化圈子，竟然在几首《竹枝词》的冲击下

民歌带给文人清新的涤荡，文人将民歌发扬光大，把下里巴人推入文学殿堂。民歌与文人的遇合，是中国文化的幸事。

颠荡不安，这实在是很令人深思的。

白居易在苏州当太守时，他的好友元稹正好在越州当太守，两地相隔不远。白居易是不甘寂寞的人，他曾想仿效在杭州的豪举，再现《霓裳羽衣曲》的辉煌。可是苏州不比杭州，宫廷文化的影响在这里很淡薄，根本没有这方面的人才。他又写信给元稹，问那边有没有会表演《霓裳》的妓人。越州自然更没有，元稹只给他寄来了《霓裳》的曲谱，此事只好作罢。《霓裳》已经式微，当地的吴歌却随处可闻。白居易极喜爱音乐，每到一处，必有记录当地歌儿舞女的诗，这些诗他都寄给了好友元稹。在苏州的那几年里，他和元稹经常用五言和七言排律互相唱和酬答，像写信一样。白居易有一首《代书诗一百韵寄微之》，题目就说明是代替书信的诗，这首诗竟然长达百韵，有1 000多字。代书诗叙事抒情，通俗平易，显然是受了吴歌的影响。在苏州和越州之间的官道上，驿马扬蹄疾驰，负载着两位大诗人的生命呈示和绝代才华，负载着挚友之间生死以之的情谊和魂牵梦萦的思念，也负载着华夏历史上一幅流韵千古的文化景观。在驿马的前方，青山隐隐，绿水迢迢，回荡着悠远清丽的吴歌……

插入白居易与元稹交往的故事，初看觉得突兀，往下看会发现故事以民歌贯穿。文章谋篇布局之精妙，此又是一例。

排比句将元白唱和的意义逐层升华。

五

文人士大夫的晚年一般总是在怀旧中度过的，也因此写出了不少好诗。这时候，他们的思考往往格外理性化，甚至可以上升到哲理的高度，感情也格外敏锐细密，浸润于诗中的那种感伤和惆怅就格外显示出生命的无奈和沉重。是的，他们曾经辉煌过，科场及第的风光，文坛大腕的荣名，建功立业的自负，当然，还有情场上的种种风流韵事。但对不少人来说，最能牵动情怀的还是在州郡当太守的那段生涯，一首首怀旧诗也往往围绕着那个遥远而温馨的旧梦而生发。"十五年前似梦游，曾将诗句结风流"，在这里，诗人把过往的岁月称之为恍如隔世的"梦游"，旧日的风流当然与艳情有关，但也不仅仅是艳情，还有与此联结在一起的青春、事业和仕途上的荣辱沉浮。正因为如此，"太守情结"才那样生生死死地纠缠着他们的晚年。

欧阳修一生的太守生涯大体分为两个阶段。第一阶段是庆历五年到皇祐元年，先后知滁州、扬州、颍州，当时他正值壮年，文学上也处于鼎盛时期，诗、酒、美人和积极入世的成就感集于"文章太守"一身。第二阶段是治平四年到熙宁

经历了少年时的狂放，壮年时的沉浮，文人士大夫终于在晚年的自省中迎来精神世界的"松绑"。于是才情得以喷薄而出，而我们亦得以见到一个恬静温润的纸上世界。

仍以本篇主角欧阳修为例，将"文章太守"的怀旧情结娓娓道来。

四年，先后知亳州、青州、蔡州，这是他政治生涯的终结时期，60多岁的老人，身体又多病、仕途的险恶更使他心灰意懒，在任上大抵没有干什么事情。欧阳修晚年写了不少"思颍诗"，就是对第一阶段太守生涯的回忆。诗中体现出一种历尽沧桑后的悲慨和解悟，"富贵浮云，俯仰流年二十春"，不论是繁华宴赏还是治平功业都已成为过去，在晚年的孤寂中以静观平和的心态去反思，当会悟出好多人生意味的，这是"太守情结"中相当典型的心态。但不管怎么说，生活给了他一次机遇，让他从喧闹的京城走向了山村水郭和寻常巷陌，从逼仄的文学圈子走向了更广阔的社会空间，接纳了乡野的呼唤和民众的歌哭，他们的视野更高远，胸襟更舒朗，情感底蕴也更博大深挚，文学和人生的境界都呈示出更大的格局。那是他一生中最为华彩丰富的乐章。当初离开京城的时候，不是苦凄凄的很委屈吗？<u>现在看来，那实在是一次幸运的放逐和人生的大造化。</u>

从世俗意义上看，一个士大夫被外放自然心不甘、意难平，但是从更高的视野来看，外放意为着更多的可能性，种种丰富的生命体验带来的是笔尖心头的大腾跃。

有人认为，欧阳修之所以对颍州那么多情，是因为在颍州有过一段风流债，说欧阳公早年到过颍州，"眷二妓甚颖，筵上戏约，他年当来作守。"几年后，他果然由扬州徙颍，可是那两位丽人已杳无踪影，于是在撷芳亭怅然题诗，有句云："柳絮已将春去远，海棠应恨我来迟。"我怀疑这是后人附会出来的故事。虽然在蓄妓成风的宋代上流社会里，这类艳闻司空见惯，但作为一个抱负宏远的政治家和文学家，绝不会把两个萍水相逢的妓女看得那么重。说他当年因此而要求从扬州调任颍州，到了晚年仍一再以情思脉脉的眼波打量颍州，似乎不大合理。在这类风流事上，他们会玩得很洒脱。其实欧阳修题在撷芳亭上的那几句只是一首很普通的伤春诗，士大夫们总喜欢把一首诗的解释艳情化，给其中塞进庸俗而浅薄的奇谈趣闻，中国文学史上的许多所谓"本事"，就是这样编排出来的。所幸像白居易的《忆江南》那样的好诗没有与这类"本事"接轨。白居易大概预先知道有许多这样的好事者，因而在与友人的唱和诗中特别谈及《忆江南》的写作动机。有位姓殷的友人只是当年在江南走马看花地游玩过，后来便写了不少忆旧诗，于是白居易说："君是旅人犹可忆，我为刺史更难忘。""难忘"什么？下文还有，当然不是欠下了什么风流债。白居易晚年也写过不少怀旧的香艳诗，那是回忆早年在长安平康里的冶游生活，有些诗写得很昵俗，但《忆江南》却没有一点香艳气息，那里清丽的山水人情和自己那一段庄严的人生不允

本事的流传说明，喜谈香艳本事的士大夫总是把一首诗的解释引向他们所期待的视野。随着这些本事的传播和接受，一个诗人渐渐成为故事中的人物，被赋予某一种类型化的形象，譬如杜牧，他的形象就是一个喜欢冶游的诗人。

许生出那样的趣味。在《忆江南》中，诗人的怀旧充盈着崇高的审美情致。

和文人士大夫的"太守情结"互为对应的是，那些遥远的州郡也一往情深地怀念着当年的太守。苏州有一座"三贤堂"，供奉的是曾在这里做过太守的大诗人韦应物、白居易和刘禹锡。可以想见，历任的苏州太守加起来肯定是个不小的数字，如果单就政绩而言，这三位大概算不上很显赫，就我所知，干得比他们出色的大有人在，但悠悠千载，衮衮诸公，苏州人为什么独独钟情于他们三位呢？答案在于，他们同时又是各领风骚的大文豪，他们具有一流的文化品格，因此他们的所作所为便成为一种溢彩流光的文化现象，他们的名字叫——文章太守。

再次点题，解释文章太守的内涵。

在这篇文章中，关于欧阳修的话题已经说得够多的了，但临近结束时还得谈到他。欧阳公当年离开扬州后，在平山堂留下了一株自己手植的柳树，也就是那首《朝中措》词中"手植堂前垂柳，别来几度春风"的由来。欧阳修走了，人们怀念他，便称那棵柳树为"欧公柳"，过往的文人墨客也为之写了不少诗。"欧公柳"无疑是太守的一座纪功碑，但更是他人格的象征。若干年以后，有一个叫薛嗣昌的人也到扬州来当太守，此公倒也颇有才干，而且仕途又很不得意，前后六七次遭到贬谪，他认为自己与欧阳修的心是相通的，属于同一个档次的人物，便在"欧公柳"对面也栽了一棵柳树，自称为"薛公柳"。他在任的时候，自然没有人说什么，但待他调任刚走，人们就把"薛公柳"砍倒了，而且成为千古笑柄。

"薛公柳"砍倒了，"欧公柳"千秋长在，这中间的意思，恐怕不仅值得姓薛的太守去深思。

文化人格是极富个性的，无法复制，否则只能落得个东施效颦的下场。

文章西汉两司马

长安西北的茂陵原先只是一片荒原，自建元二年开工修建皇陵以后，这里就日新月异地繁荣起来。陵墓的主人是当今皇上刘彻，也就是后来被人们称之为千古一帝的汉武帝，他登基时才17岁，但从18岁就开始为自己修建陵墓，一直修了52年才派上用场。后来的历史证明，他的这项记录几千年一直无人打破，可见"千古一帝"并非浪得虚名。和平年代，皇陵是天底下最浩大的工程，据说开支为国家财政的三分之一。把全国三分之一的钱都砸在这里，还能不砸出点声响来？皇上是个喜欢轰轰烈烈地闹腾大事的人，大概害怕自己死后太清冷，又下令官员、富豪，还有文艺界的明星大腕们迁居于此。由是新城人气飙升，灯红酒绿，很快就成了长安附近著名的富人区。

元狩五年，也就是汉武帝登基的第23年，茂陵发生了一件不大不小的事，一位名满天下的

一连串的数字直观呈现出汉武帝的穷奢极欲。

反讽增加了批判力度。

在历史的讲述中插入现代词汇，幽默风趣，回味悠长。

大作家死于糖尿病，临死前还留下了一篇《封禅书》，为皇上后来兴师动众地封禅泰山、访求长生不老之术提供了理论根据，这当然让皇上很高兴。而就在这期间，当时还默默无闻、但后来同样名满天下的另一位大作家正好风尘仆仆地采风归来，正准备开始他的写作生涯。历史似乎有意在茂陵安排了这两位文章高手的交接。这两个人一个叫司马相如，一个叫司马迁。

司马相如名气很大，这固然由于他与卓文君惊世骇俗的爱情，更重要的却是由于他恣肆汪洋的才华。他的文章写得好，特别善写辞赋。赋是当时最风行的文体，一篇赋的影响力，往往可以让作者名声鹊起甚至上达天听，此前贾谊的"宣室夜对"和此后左思的"洛阳纸贵"都是由于赋写得好。而当今皇上又特别好这一口，在杀人和玩女人的间隙里，他喜欢摇头晃脑地吟诵辞赋作为激情过后的消遣和自娱，以寻求快感的延时效应。赋者，敷也，就是铺陈，满篇尽是华丽生僻的词藻，洋洋洒洒地铺陈开去，对偶、排比、连句层层渲染，让你目不暇接。这种文体多用于描写都城、宫宇、园苑和帝王穷奢极欲的生活，说到底是给权势者歌功颂德捧臭脚的东西。2 000多年后，有一位大人物曾说过：歌功颂德的作品

"茂陵"是西汉两司马在时空上的交集，回头看文章开头由茂陵起笔的写法，便知作者谋篇之用心。

"未必不伟大"。但睽诸文学史，为权势者歌功颂德，这类作品中"伟大"的比例实在太少，因为伟大的作品多是面向民众且具有悲悯情怀的。但权势者喜欢有人向他献媚，为他歌功颂德。献媚是献媚者的通行证，写那样的作品，作家往往名利双收。司马相如就凭几篇大赋当上了皇帝的文学侍从，并且住进了茂陵的富人区。毋庸置疑，该同志是个文学天才。但天才的第一声啼哭也绝不会就是一首好诗。比他年轻30多岁的司马迁后来给他作传时，说他"口吃而善著书"，也就是说，他口才不行，但能写。这样的大作家倒也不少，例如现代文学史上的曹禺和沈从文。说起来很有意思，司马相如原来的名字叫司马犬子，这说明他并非出身于书香门第，不然不会取"犬子"这样土得掉渣的名字。他最早的文学自觉是给自己改名为"相如"，这名字不错，不光文气，还有几分软软的奶油味——他本来就是个吃软饭的嘛，甚好！

但软饭也不是好吃的，你不仅要仰承鼻息，善于揣摩皇上的喜好，还要在艺术上有两刷子。赋那种东西尽管很主旋律很马屁，也尽管华而不实虚张声势，但要做到妙笔生花，在题材、立意和文笔上让人眼睛一亮也不容易，那是需要有几

如果举一个正面的例子，那么杜甫的作品可以担当"伟大"二字。

庄词谐用，以轻松幽默的笔调表达反讽意味。

分才情的，至少也要有几分聪明气。司马相如当然不缺少才情和聪明气，要不然皇帝手下有那么多文学侍从，衮衮诸公，竞相献媚，为什么只有他独领风骚呢？还不是因为人家活儿干得好？你看他的《上林赋》《大人赋》和《子虚赋》，那真是翠华摇摇仪态万方啊！平心而论，司马相如还说不上厚颜无耻，司马迁在《史记》中说他"与卓氏婚，饶于财，其进仕宦，未尝肯与公卿国家之事，称病闲居，不慕官爵"。因为他老丈人给了他一大笔财富，小日子过得很滋润。再加上糖尿病缠身，对升官发财就看得比较淡，有时甚至还敢说几句别人不敢说的话，例如劝皇上打猎要适可而止之类。在御用文人中，他还是有底线的。

司马迁也住在茂陵，他父亲是朝廷的太史令，这是个小官，俸禄很少，在茂陵那种地方，他们家只能算是穷人。对于一个天资聪颖且志存高远的少年来说，这种生存境遇只会是一种激励。父亲是史官，他从小就受到很好的史学熏陶。20岁后他又花了整整7年时间游历四方，一步一个脚印地阅读广袤的帝国版图，全方位地感知这片土地上的历史积淀和风俗人情。人们常说，机会总是青睐有准备的人，现在，司马迁已

伟大的作品需要高贵的灵魂和丰富的体验来成全。再有天赋的作家，如果只是像金丝鸟雀般豢养在宫廷苑囿之中为天子歌功颂德，人格终会委顿、才思终会枯竭。这类作品可能外表华美工巧，内核却贫乏空洞，艺术性必然大打折扣。

经为写作一部旷代史书做好了准备。而且就在他游历归来不久，他又接替了父亲的职务。这个太史令闲曹冷灶，清汤寡水，唯一的好处就是可以自由地进入皇家图书馆，想看什么书就看什么书，想查什么档案就查什么档案。对于一个有志于史学的写作者和思想者来说，有了这个"唯一"就足够了。

一切都为一部史学巨著的诞生做好了铺垫。

但如果不是后来发生的一件事，这部被称为《史记》的巨著也许不会完全是现在我们看到的样子，它当然会很丰厚，有文采，体例也别出心裁，古今中外，包罗万象，究天人之际，通古今之变，总体品格远远高出历代的那些史书，这些都没有问题。但很可能不会有后来那种长风烈火般的激情和精神高度。

就差那么一点，或者一点点。

上苍似乎很在意这"一点点"，一定要用作者个人惨痛的悲剧来成全一部巨著的完美。

天汉二年，司马迁因李陵冤案被祸，在死刑与宫刑之间，他选择了后者。这是一种比死刑更加惨痛也更为耻辱的刑罚。司马迁不是怕死，而是由于心系《史记》，这部书是属于他的，但又远远大于他个人的生命、痛苦和屈辱。正是这种

伟大作品的诞生更像一种造化的孕育，不是人创作了伟大的作品，而是人听从了伟大的作品的召唤。

司马迁在《报任安书》中剖露了内心的真实情感，只要《史记》能够"藏之名山""流传后世"，那么此前遭受的身心摧残就都是值得的，"虽万被戮，岂有悔哉！"

对史学的苦恋情怀，让他活了下来。但"刑余之人"，活着比死去需要更大的勇气。在《报任安书》中，他用了一个不大多见很可能是自己生造的词：狂惑——内心的痛苦和矛盾足以让人疯狂。然而痛苦恰恰又是一种更深刻的生命，在痛苦的重压下，他完成了一次悲壮的涅槃，这个世界上少了一个男性，却多了一个男人。知耻而后勇，他连死都不怕，还怕什么呢？下笔时，他用不着再看皇帝的脸色。他不是在历史的大地上亦步亦趋地爬行，而是出神入化，雄视千古，天马行空，快意恩仇。在他的笔下，除去对历史真相的深度揭示，对历史细节的精微把握，对历史人物的冷峻逼视，以及那种百科全书式的繁富丰茂，还有一种精神性的光芒，给人以灵魂的震撼与颤栗。那是对专制王权的鞭挞，对正义和良知的呼唤，对自由意志和尊严的渴求。不懂得屈辱就无法理解自由，谁说他"大势已去"？一颗苦难的灵魂，当他因屈辱而雄起时是多么强健阳刚！一部被誉为"史家之绝唱，无韵之离骚"的巨著诞生了。

司马迁著史，绝不自甘做一个客观记述的"述史者"，他以自己的人生阅历和炽热的感情，去解读历史、褒贬人物，去创立自己的"一家之言"。

司马迁是皇家的太史令，这是一个体制内的职务。严格地说，他和司马相如一样，也是文学侍臣。但他一点也没有那种职业性的奴颜和婢

运用对比的手法，文章西汉两司马相对而视，高下立见，爱憎分明。

膝，他对皇权有一种宁静的藐视，他的心灵是自由的，煌煌 52 万字的《史记》就源于那颗自由的心灵。仅仅这一点，就让他超越了那个时代所有的文人而崭露峥嵘。如果说司马相如只是一只撅起屁股卖弄唯美的孔雀，那么司马迁就是一只傲视苍穹自由飞翔的雄鹰。司马相如也许可以称得上优秀，但司马迁却是当之无愧的伟大。无论在什么时代，什么领域，优秀者可以有很多，伟大者却总是凤毛麟角。

20 世纪初，中国政坛上有一个叫吴佩孚的军阀，因为是秀才出身，又写得几首歪诗，便处处以儒将自诩。他的"孚威上将军"行辕有一副自撰联，曰："文章西汉两司马，经济南阳一卧龙"。这当然是借古人上位，自吹自擂，没有什么说头。但有一点我们却又不得不说，即，同样是以文章名世，"两司马"的分量是不可相提并论的。

篇末点题。

九品县尉

人们往往以为旧时的文人考取进士就一步登天了，其实不是，那只是取得了做官的资格，起步官阶并不高，一般的是在中央机关当办事员，也有的被派到基层去当县尉。古代的"尉"多是武职或司法官，县尉专管衙役、捕快之类抓人放人的勾当，大致相当于现在的公安局长，官阶九品。

在唐代，县尉虽是武职，充任者却多为文士。这种职位与人性的不匹配引发了许多故事。

文人的官场梦古已有之，诗人杜甫在科场上的运气总是不好，考了几次都名落孙山，却并不曾因此改变"官"念，起初是为了治国平天下，到了后来则是为了养家糊口。天宝十二载左右，杜甫潦倒长安，诗写得好，但换不回银子，只能卖草药补贴家用，那就和乞讨差不多了。为了生计，他辗转朱门，到处投递求职信，当时称之为"干谒"，现在叫跑官。跑官也不容易啊，"朝叩富儿门，暮随肥马尘"，其间的屈辱和辛酸可以想见。也许是跑得多了，天道酬勤，终于跑来了朝廷的一纸任命，派他到河西县担任县尉。这是

极写杜甫多年科场潦倒奔波的状况，突出"河西尉"一职的来之不易，为后文杜甫的选择张本。

进士的起步官阶，作为"杜陵布衣"，他能得到这样的安排算不错了。而且县尉有实权，抓人放人都在他手里，上下其"手"，可以权力寻租，搞点钱如探囊取物，不要说养家糊口，发点小财也并不困难。

那就赶紧走马上任吧。

但杜甫没有去，因为他的好朋友高适几年前曾当过封丘县尉，不久就辞职了。辞职不是嫌官小，而是因为心情不好。在题为《封丘县》的诗中，高适坦露了自己的矛盾和痛苦，其中最锥心的是这么两句：

拜迎长官心欲碎，鞭挞黎庶令人悲！

在上司面前卑躬屈膝，是俯首贴耳的哈巴狗；在百姓面前凶神恶煞，是张牙舞爪的疯狗恶狗。这种"两面狗"的差事，高适干不下去。

也许有人会说，这位姓高的诗人也太清高了。既入官场，这种"两面狗"的生涯便是一种常态，不要说你只是区区县尉，就是县令、知府，以至于督抚高官，不都是这样的吗？因为你的乌纱帽是"长官"给的，在他们面前，你只能低声下气做孙子。同样，作为朝廷命官，你牧民

杜甫的《官定后戏作》言："不做河西尉，凄凉为折腰。老夫怕趋走，率府且逍遥。"仓库管理员比河西尉好，至少是逍遥自在的。

诗缘情言志，言为心声，有不平则鸣。文士们胸怀济世大志，富有才情，一踏上仕途却遇上这样一个卑俗的官职，不免产生怨情和不满，良心和操持是滋生诗的土壤，也是县尉之职与唐诗发生因缘的契机。

有责，催逼赋税，要粮要钱，甚至还要拆迁维稳，你能不"鞭挞黎庶"吗？你既不肯做孙子，又不忍做打手，那就只有卷铺盖走人了。

但诗人毕竟是诗人，所谓良知和人文关怀从来就是他们心头最柔软的那一块。他们的目光总能穿越利益集团的藩篱，投射到幽暗的底层，犹如穿透乌云的阳光，传递着人性的温煦和亮色，这是大诗人之所以"大"的一种精神特质。相反，如果只知道为权势者捧场凑趣，再华美的辞章也只是随风而逝的马屁而已。

杜甫没有去上任，他走向民众，也走向中国诗歌的圣坛，不久，被誉为史诗的《自京赴奉先县咏怀五百字》问世。"穷年忧黎元，叹息肠内热""朱门酒肉臭，路有冻死骨"，这种散发着大地的苦难气息的诗句，让千秋万代的读者泪流满面。

但同样是大诗人，同样面对着这份九品县尉的差事，也有周旋得差强人意的，倒如白居易。

白居易是正牌的进士出身，而且名列第四，差一点就是探花。唐代的官制，进士及第后还要参加一次吏部组织的选拔考试，及格后才授予官职。人们把这种考试叫作释褐试，"释褐"就是脱去老百姓的粗麻布衣服。白居易又很顺利地通

杜甫之所以被称为"诗圣"，不仅仅是他诗歌艺术水平达到了登峰造极的境界，更在于他在诗歌中寄寓的悲天悯人的圣哲情怀。

过了释褐试。脱去了麻布衣衫，接下来就准备穿官服了。

老规矩，他的第一份差遣是到长安附近的周至当县尉。

到了周至，正值麦收。"田家少闲月，五月人倍忙"，新任县尉下乡调研，也收获了一首《观刈麦》。看到农人的辛苦，想想自己的不劳而获，诗人心生愧疚，他也是一个有良知的文人。

麦子收上来了，县令就叫他下去催逼赋税，没有钱粮就抓人，下到牢房里鞭打，直到打出一个"有"来。所谓横征暴敛，这几个字县尉全占了。白居易不忍心向那些可怜的农夫挥鞭子，但又不能公然抗命，就想出了一个消极怠工的办法：装病，不上班。

县令是个官油子，按理说这种小伎俩是瞒不过去的，但这厮却不敢拿他怎样，因为他上头有背景。背景就是在朝廷里担任左拾遗的元稹。元白是至交，这人们都知道。元稹的才华虽不及白居易，但科场上的运气好，他与白居易同科登第，他中的是状元。再加上人长得帅，金榜题名紧接着就是洞房花烛，娶的是京兆尹的女儿。京兆尹者，首都市长也。周至是京兆府辖下的郊县，元稹的老丈人就是县令的顶头上司，这种关

一首《观刈麦》让我们看到一位知识分子的良心，字里行间都充满对劳动者的同情和怜悯，更可贵的是那份直面内心的愧疚。

白居易的做法践行了儒家"达则兼济天下，穷则独善其身"的宗旨，在无法主宰的情况下，至少要保持自我的操守，不为虎作伥。

系县令能拎不清吗？他当然不敢得罪白居易。白居易装病怠工，县令不但不揭穿，反而上门慰问，叫他安心休养，不要挂念公务，说那边的工作有人顶着。这当然也是实话，抓人放人、鞭打农夫的事，想干的人多的是，因为那中间有油水。有油水的事，悍吏们总是争先恐后，那些人其实巴不得你一直生病才好。

由于有了京城的背景，白居易的这个九品县尉当得还不算太憋屈，他大致既用不着在上司面前装孙子，也用不着对老百姓挥鞭子。而且就在这期间，他还写出了流芳千古的《长恨歌》。可诗人的心情终究不好，他在诗中相当刻薄地把自己称之为"趋走吏"，认为：

　　　　一为趋走吏，尘土不开颜。

可见对这份差事深恶痛绝。

虽然如此，"穷则独善其身"终究是一种无可奈何的退守，眼睁睁看着百姓身处水深火热之中而无计可施，对于有良知的知识分子来说，依然是一种煎熬。

白居易做过的几道模拟题

唐代进士科每榜录取人数很少，自唐高宗武德五年后近300年间，平均每榜不到26人。因为名额少、难度大，进士身份在唐代格外被看重。白居易在进士科考试中名列第四，这是相当厉害的成绩，其间的苦心孤诣也是不难想见的。

我曾在一篇文章中说到白居易当年在进士科考试中名列第四，接着又信口开河，说"差一点就是探花"，这就说错了。所谓状元、榜眼、探花是宋代实行殿试制度以后才有的，唐代没有探花一说，因此，即使白居易的名次再进一位，也只是第三，而不是探花。

白居易进士及第以后，又参加了由吏部组织的释褐试。释褐就是脱去平民穿的粗麻衣衫，也就是说，只有通过了这轮考试，你才能脱去麻衣而穿上官服，而且考试的名次越高，所授的官职也相对较好，可见兹事体大，虽不能说一考定终身，却能决定你会不会输在起跑线上。如果说进士科考量的主要是文才，那么释褐试侧重的则是吏才，一般是拿两个案例让你分析，要你写出判决词，除去要求文理通达、有辞采，更重要的是看你处理政务的实际能力。为了应对考试，考生们往往要做大量这方面的练习，即使像白居易这样天资聪颖的人，也不敢偷懒或耍大牌。他和好友元稹躲在长安郊外的华阳观，几个月足不出户，作了许多模拟考试的策文。后来他自己回忆，在那段时间里，他几乎"不遑寝息"，以致"口舌生疮，手肘成胝"。可见拼得很苦。今天我们看惯了高考指挥棒下的莘莘学子沉沦题海的疲惫身影，对当年白居易们备考的情状应该不难想见。正所谓人生能有几回搏，前贤未必让后生，据说白居易做过的模拟题竟有上百道之多。好在《白居易集》中收录有部分题目，我们不妨挑几道出来看看：

其一，甲的妻子在甲母前骂狗，甲非常生气，要把妻子休掉。甲妻来控诉，自称没有违反"七出"条例。甲说，妻子犯了不敬的罪过。

其二，甲准备把女儿嫁给乙，乙送了彩礼，而后甲又反悔。乙控诉甲不守婚约，甲说没有立结婚的契约，不算数。

其三，甲的牛把乙的马抵死了，乙要求赔偿。甲说牛马是在放牧的时候相抵的，请求赔半价，乙不同意。

有意思吧？全是家长里短，鸡毛蒜皮，但要判得合情合理，还真不容易。都说科举制度害死人，其实那是到了明清以后。在唐朝那个时候，

在难度极高的进士考试中脱颖而出，难免喜不自禁。可是白居易却老成持重得多，进士及第后仍能稳扎稳打，埋头准备下一场考试，如此心态，难怪能够成为唐人啧啧称赞的科场才士"白舍人"。

唐代的吏部考试题类似如今公务员考试的行政能力测试，不同的是行测题目更加宏观、注重理念，释褐试题目更加具体、注重实务。

这一套文官选拔制度还是很有道理的。仅就上面的几道模拟题而言，我倒觉得对来自底层的草根考生相对有利。也不是说这类题目就能考出多大的真才实学，但你至少对社会生活要有所了解，而且还要通达人情事理，用现在流行的说法，叫接地气。什么人不接地气呢？一种是两耳不闻窗外事的书呆子，一种是来自豪门世族的纨绔子弟。面对这种充满了人间烟火气的题目，他们大抵只能像盲人分大饼一样，瞎掰。

更可笑的是，有些人甚至连瞎掰也不会。

唐代张鷟的《朝野佥载》里记录了一个这样的故事，有个叫沈文荣的人，考前足足背下了200篇判词，可到了考试时，却连一个字也写不出，交了白卷。别人问他怎么回事，他苦着脸说，试题中的案情与我背的都不同；有一个挺相似，可人的名字又不一样；还有一个关于水磨案的，我背的案子发生在蓝田，可试题中的案子却发生在富田。你看，就这种猪脑子，日后怎么能当官理政呢？名落孙山，活该！

这位沈某人是一个死记硬背的典型，另有一个官二代——御史中丞张倚的儿子张奭——参加考试，主考官见他老子很得皇帝的宠幸，想借机巴结，就让人替张奭作了判词，并取为优等。这事后来被人揭发出来，告到范阳节度使那里——该节度使就是那个后来把唐王朝搅得天翻地覆的安禄山，安禄山立即向唐玄宗报告。玄宗很生气，下令重考。这下张奭就活丑了，他也和那位沈某人一样，一个字也写不出，交了白卷。最后的结果可想而知，所有的涉事者大概都不会有好果子吃的。

死记硬背还只是头脑笨拙了些，欺世盗名则已经沦入卑劣行径了。

白居易是从底层走出来的，他从小就跟随母亲远走江南，寄居在亲戚家，后来又辗转河北、山西，在漫长的颠沛流离中，他对社会生活应该有更多的关注。再加上那段时间在华阳观的精心准备，他考得不错，顺利通过了释褐试，不久就被派到长安附近的周至县当县尉去了。

我一直觉得白居易做过的那几道模拟题挺有意思，曾试图用文言文写一份判词，终因国学根底太浅，只得作罢。

冷官

唐代的作家协会叫广文馆，始设于天宝九载。其实，当时很大程度上是因人设事，有一个叫郑虔的人贬官多年奉诏回京，唐玄宗觉得他很有点文才，不愿让他外放（历来做皇帝的都有这种癖好，喜欢把天下的好东西都留在自己身边），但中央各部委一时又没有合适的安排，就特地增设了这样一个机构让他去负责。组织部门的人向他介绍情况时说得很动听："新设立的广文馆是用来管理文士的，因为你名声久著才任命你去，而且让后代人称你是第一代广文博士，你看，这不是美事吗?"郑虔听了当然很高兴，乐颠颠地过他的官瘾去了。

其实这个广文博士是个冷官，一般人都不愿去做的。不信，有杜甫的《醉时歌》为证：

> 诸公衮衮登台省，
> 广文先生官独冷。

玄宗用"广文博士"留住郑虔，就像玉皇大帝用"弼马温"哄住孙悟空一样，都是虚张声势，空有其名。

诗歌是正史的很好补充，诗史互证是走近历史的很好方法。

甲第纷纷厌粱肉，

广文先生饭不足。

诗人笔下可能有点夸张，但广文先生的清冷却是
毋庸置疑的。并不是说他们的工资特别低，像广
文馆这样的机构，至少也算个副部级，工资待遇
并不比六部侍郎少。"冷"是因为清水衙门没有
什么权，人家不买你的账，用不着来趋附逢迎，
也就没有那些各种名目的孝敬。一般来说，当官
的若光凭那点死工资，要维持日常的油盐柴米和
交际排场肯定吃不消，即使是一品大员那点工资
也吃不消。所谓"三年清知府，十万雪花银"，
主要是指工资以外的隐形收入。因此，"广文先
生官独冷"也就不足为怪了。当然，清水衙门中
也有不甘清冷的，看到别人发财，心理便不平
衡，想方设法也要捞点小钱，例如那个写《三国
志》的陈寿，他的官职是著作郎，也就是专业作
家，没有什么花头经的。但他脑子比较活络，当
时的人都称赞他有良史之才，其实这个人的品行
并不好。丁仪、丁廙哥俩在魏国影响很大，青史
留名应是不成问题的。陈寿就对他们的儿子示
意："可拿千斛米给我，我定为令尊大人作佳
传。"偏偏丁氏兄弟自恃名高，不肯出钱，陈寿

竟不为他们作传。可以想见，像丁氏兄弟这样死心眼的并不多，陈寿利用这种有偿服务，大概是捞了一点好处的。

但尽管如此，冷官毕竟是冷官，捏捏掐掐地弄点小钱也毕竟不容易，人们一般还是不愿到这样的衙门去；即使去了，也要钻天打洞往外调，有时甚至为此丢了乌纱帽。明代设南北两京制，南京称留都，也设了一套内阁班子，级别和待遇都是享受的，其实没有什么事干，没有事干也就没有油水。嘉靖年间，有一个叫吴廷举的人，从巡抚都御史调任南京工部尚书，这算是提升了，但吴某人嫌那是个冷官，先是不接受任命，接着又称病请求退休，实际上是想挪个好一点的位子。皇帝随口说了几句冠冕堂皇的好话慰留，他便以为是迁就他，又上表请假，索性把话挑明了。他在奏章中用了白居易和张咏的几句诗："月俸百千官二品，朝廷顾我作闲人""幸得太平无事日，江南闲煞老尚书"，都是挑肥拣瘦发牢骚的句子。这一下把皇帝惹火了，一纸诏书勒令他回苍梧老家去了。有关史料中评价这位吴某人"躁动好名"，其实在"好名"背后恰恰潜藏着一种利益驱动，他的信条大概是：做官不能捞外快，不如回家种白菜。

这么说，清水衙门的冷官就没有人做了？非也！不仅有人做，而且还有人做得有滋有味。在他们看来，冷官也有冷官的好处，其最大的好处恰恰就在这个"冷"字，清静、淡泊，没有那么多应酬和干扰，也少了官场上的争斗和倾轧，可以平心静气地做自己想做的事，这些人大多是学者型的，他们有一种文化使命感。翻开一部中国文化史，不少有大成就者生前都是冷官，或者说，他们的成就主要是在做冷官期间奠基的，这时候他们的文章往往写得特别好。而一旦宸恩垂顾，被提拔到一个炙手可热的位子上，整天忙于那些没完没了的官场争斗和应酬，文章和人格也就渐趋平庸。清代朱彝尊原在皇家史馆当值，这本来是个冷官，但他却甘之如饴。为了充分利用那里的图书资料，他不惜违反纪律，私下里将抄手带进史馆，专门抄写各地进呈的宫禁要籍，后来终于被同僚弹劾而丢官。朱为此在他的书匣子上作铭曰："夺侬七品官，写我万卷书，或默或语，孰智孰愚。"他当然认为是值得的，因为他的人生目标并不在于七品乌纱，而在于"万卷书"的学养和建树，这是一种超越了官场人格，也超越了世俗价值观的文化品格。

文章太守便是这样一群甘于冷官的学者型官员；司马迁便是这样一位悠游史馆的精神贵族。

第三单元　古物随想

　　一把古剑彰显一个高贵灵魂，一块古匾投射一种文人风骨，一座古雕见证一段历史沧桑。

　　古物之恋，不在于物之本身，而在于它们所承载的历史、文化与情感。

　　古物是坚毅的，它们忍受着时光的侵蚀，只为把历史的真相流传于世；古物是脆弱的，它们曾经立于天地之间，也终有一天会消失在这天地之间。

　　不要把古物当作冰冷的残朽，那里有生命的痕迹，有跨越千年依然可以触摸的体温。如果你有幸邂逅一件古物，希望你能停下来和它说说话。

挂剑

　　季札离开姑苏时，正是春寒料峭的二月。他走的是水路，船出盘门水关，河面渐渐宽阔了，浪拍船舷，有了点喧哗的意味。他站在船艄，望着姑苏的城堞在视线中远去，渐至化为一抹阴影，心中便有了一种解脱的轻松感。

　　临行时，吴王余祭亲自把他送到码头边，两人正要揖别，余祭突然盯着他的腰间露出诧异的神色——原来季札没有佩剑。作为吴国的使者，又是吴王的亲弟弟、王室贵胄，剑是必备之物。这不是为了防身，而是一种富于仪式感的身份标识。"带长铗之陆离兮，冠切云之崔嵬"，这也不是奇装异服，而是当时的贵族风范。在姑苏，每天出入于王城宫苑，季札是不喜欢佩剑的，他没有这种习惯，以至这几天准备出行时，礼品、信札、盘资、地图皆应有尽有，唯独忘记了一把必不可少的佩剑。余祭倒也爽快，他哈哈一笑，当即解下自己的佩剑递给季札。吴王的剑无疑是天下绝品，上好的青铜，经良工千锤百炼，剑棱上镂着精美的花纹，剑柄上镶着名贵的玉石，从鱼皮剑鞘轻轻抽出一截，有一股青光泠然生寒。这种剑只有吴国的工匠才能锻造，世人都说"吴戈越剑"，其实吴国的剑也是天下第一，其代表作干将莫邪更是用生命的血光和智慧铸就的无敌之剑。季札身材挺拔，三尺长剑佩在他身上恰到好处，玉树临风的儒雅中又平凭了几分英武之气。他谢过了吴王，转身跳上甲板，橹桨欸乃一声就开船了。

眼下是吴王余祭四年，公元前544年，季札代表吴国出使北方，一路将访问鲁、齐、卫、郑、晋五国，风尘数千里，任重而道远。

顺风顺水，从姑苏到延陵只走了两天。延陵是季札的封地，自16年前他到这里逊耕以来，原先人迹罕至的江滩已面貌大变。他移民垦殖，兴修水利，民众都很拥护他，他也在底层民众中收获了一种全新的生命体验。但现在王命在身，他在延陵只能稍作停留，便摆江北上。过了江，他又舍舟乘车。以他的身份，他本来应该乘坐四匹马拉的轩车。但他这个人不喜欢排场，而且江淮之间多湖沼湿地，路道条件较差，乘那种驷马高车反倒不便。他乘的车只用两匹马，随身只带

渲染了剑的名贵，交待了剑对于季札的意义，为后面的故事作铺垫。

柳宗元《渔翁》有"烟销日出不见人，欸乃一声山水绿"，欸乃声给人一种轻快闲远的联想。

以游踪为线索，沿途串联起与塑造季札形象息息相关的历史素材，将一幕幕故事徐徐展开、娓娓道来，构思巧妙。

一名随从一名车夫。这种清简朴素的生活习惯，都是这些年逊耕延陵养成的。

为什么叫"逊耕"呢？因为他是吴王寿梦的儿子，品德和才能都广为称道，寿梦很喜欢他，想让他继承王位。季札认为那样不好，按照规矩，继承王位的应该是长子，他上面还有三个哥哥，依次是诸樊、余祭、余昧。一个国家的规矩如果坏了，以后的事情就不好办了。而且他也由衷地觉得，国君那个位子不好坐，为了那个位子，有多少父子反目、兄弟相残、君臣火并。这是个礼崩乐坏、天下大乱的时代，不光各诸侯国之间"天讨"不断，各诸侯国内部围绕着王权的更迭亦时见刀光剑影，至亲骨肉动辄五步喋血，真所谓砍头只当风吹帽。这样的事情季札看得多了，自然很寒心，那个看似高高在上风光无限的王位，其实是积淀着千百年的血腥气，也是和深宫孳债的阴谋维系在一起的。既然如此，自己何必去蹚那股浑水呢？那个王位，他们谁想坐谁去坐，反正我不想，我只想为国家和民众做一点实实在在的事情。因此，16年前，寿梦死了，为了避让王位，季札便跑到延陵来种地，让大哥诸樊顺利继承了王位。3年前，诸樊死了，又有人提出让季札执政，他还是不肯，也还是躲在延陵不

借助人物的心理描写，作者得以自由表达观点。

在被王权蒙蔽了心智的王孙公子中，季札是难得的清醒者。更可贵的是他虽看透却不看破，仍然热情地爱着他的国家和人民，只是以一种更朴素更智慧的方式。

出头，让二哥余祭当上了吴王。季札的"逊耕"其实只是一种政治姿态，并不真的就去晴天一身汗雨天一身泥地当农民，在相当长的一段时间内，他都是代表吴国在外面当巡回大使的，这样长期游离于权力中心和政治旋涡之外，也就省去了当权者的猜忌和防范，自己也落得潇洒自在。

这是适合出行的季节，风吹在脸上变得软和了，杨柳的枝条有了些许绿意，小草也开始返青——这些当然需得细看，若大略望去，满眼仍是萧索的风景。候鸟一队一队地越过马车的顶篷，向北方飞去，这是欢乐的迁徙，像是去赶一场青春约会似的，全不像去年秋天南迁时那样仓皇。"燕燕于飞，差池其羽"，季札想到邶国的歌谣。邶国早就灭亡了，但歌谣仍旧在被人们传唱，可见音乐的力量比王朝和君主要长久得多。

季札访问的第一站是鲁国，但去往鲁国必须先经过徐国。徐国的国君早就仰慕季札的名望，他设宴招待季札。席间，徐君很喜欢季札的剑，但又不好意思开口索要。季札看出了徐君的心思，因为还要出使他国，而剑是他的身份标志，现在当然不能解剑相送。他暗暗许下心愿：徐君，我答应你了，待我访问归来，一定把这把剑送给你。有道是红粉施佳人，宝剑赠壮士，你虽

远离勾心斗角的政治中心，行走在出使路上的季札像一个春天里的游人，周身充溢着自由的活力。柔和的春风、新绿的杨柳、雍容的候鸟都是他此时心情的外化。

季札与徐君的故事司马迁《史记》和刘向《新序》里均有记载，《新序》的记叙更加生动，写徐君对宝剑"不言而色欲之"。季札能察言观色又能成人之美，其细腻、温厚可以想见。

然说不上壮士，却真心喜欢它，好东西一定要送给最喜欢它的人。

到达鲁国时，已是一个多月以后。走了一千多里路，季节的脚步似乎停滞了似的，眼界所及，还是江南地区一个月前的风景。鲁国是各国中礼乐最完备的，鲁国的国君听说季札精通音律，便向他展示了全套的宫廷礼乐，还加上古往今来各国的民间歌谣。这当然有炫耀的意思，因为在北方人看来，南方的吴国是夷人，制度粗糙，文化落后，季札可算是那里文化素养很高的人了，那就让你开开眼界，领略一下什么叫泱泱之风吧。

这是一次空前规模的音乐会，乐师们整整演出了三天。这三天里，都城的民众都停止了生计，聚集在宫廷外免费欣赏。乐师每演完一章，季札便发表一段评论。他的评论相当精辟，不仅能就音乐说音乐，还能透过音乐分析其中的道德趣味、社会风尚和政治兴衰，那真是纵横捭阖，酣畅淋漓啊。例如，对于《周南》和《召南》，季札认为这些乐章很美啊！从这些乐章中可以看出周朝的教化已经奠定基础了，可惜的是尚未达到尽善尽美的程度，然而它唱出了百姓勤劳而不怨愤的声音；对于《郑风》，季札则认为音节过

《乐记》上说："知音而不知乐者，众庶是也。唯君子为能知乐。"简单世俗音乐的审美感受，普通人即可能获得和达到，而增加了政治内容的审美，唯有君子能够实现。季札能够辨音论世，诚君子哉！

于细弱，象征着郑国政令的苛细烦琐，说明人民无法忍受了，郑国大概要先灭亡了；听罢《齐风》，季札感慨于音乐的深远弘大，有大国之风，齐国的前途实在不可限量；而从《秦风》中，季札听出了这是西方的音乐，能为西方之声，音节就能宏大，这应该是来自周室的旧地。

鲁国的国君被季札的才情征服了，他想不到蛮夷之地的吴国竟有这么优秀的人才。季札刚来的时候，他倨傲地坐在宫殿的宝座上，等待客人拜见。等到季札离开的时候，他扶着车辕，把客人一直送出了城门。

从鲁国向北，进入齐国；从齐国向西，进入卫国和郑国；从郑国向北跨过黄河，进入晋国，季札消消停停地行走在北方的大地上，走过了莺飞草长的春天，走过了万物峥嵘的夏季，转眼间已是秋风拂面。寂寞的时候，他便解下腰间的宝剑弹铗而歌。走的地方多了，一路观风俗，论兴亡，对政治这东西看得越发透了，人也变得更加超脱。在齐国，他劝告当时正得宠的晏平仲说："你太走红了，赶快把封邑和权力交还给国君，不然就要大祸临头。"晏子是聪明人，马上照办了。没有了封地，不参与国政，他果然逃过了后来的政治倾轧。季札的这种政治敏感有时甚至到

通过季札的影响，侧面表现君子人格的力量，凸显季札的非凡魅力。

了神经质的程度，在卫国，他住在招待所里，听到不远处孙文子钟鼓作乐的声音，不禁叹息道："这样下去，孙文子要倒霉了。"因为做臣子的正常心态应该是心怀畏惧犹恐不及，怎么能够这样放肆地钟鼓作乐呢？若恃才傲物、得意忘形，那么倒霉还会远吗？有人把这话告诉孙文子，这位孙某人当下吓出了一身冷汗，从此以后，竟连琴瑟的声音也不敢听了。

深秋时节，季札在归途中又经过徐国。春天在这里时，他曾暗许把宝剑送给徐君。想不到再到徐国，物是人非，徐君已经去世。他就解下宝剑，挂在徐君墓前的树上。随从不解："徐君已经死了，为什么还要送他宝剑呢？"季札说："当初我内心已经答应送给他了，难道就因为他死了，就违背我的本意吗？"

那时候的人是很喜欢为时而歌的，他们唱道：

延陵君子兮不忘故，

脱千金之剑兮带丘墓。

袅袅兮秋风，江河波兮木叶下。越往南走，季札的心情愈加苍凉，这不是季节使然。在出使

刘向在《说苑》中有"义士不欺心，仁人不害生"的句子，"不欺人"是诚信的基本表现，"不欺心"则是诚信的更高境界。

北方诸国期间，他是很放达的，"将在外，君命有所不受"，他可以自由地指点江山，朗歌纵笑，充分展示自己健全的生命本体。那时候，佩剑是他风神的外化，象征着他的男儿本色，可现在要回国了。回国了，还带着佩剑有什么用呢？既不能仗剑自卫（君王要杀你，你仗剑何用）；也不能说剑谈兵，那样更会招致猜忌；甚至连寂寞时弹着它唱几段小曲也不能——人家知道了，还以为你在发泄怨气呢。为什么不弹别的，单单要弹宝剑呢？可见心怀杀机。既然这也不能那也不能，那么就挂之墓树吧。因此，季札的挂剑实际上是回国途中的一次心理调整：告别巡回大使的宽松和放达，收敛起生命本体的自由张扬，重新回到那有如囚笼般的游戏规则中去。

季札的谨慎并不是多余的，吴国的深宫里看似风平浪静，其实一直暗流汹涌。14 年后，余祭死，余昧即位。又过了 4 年，余昧死，他的儿子僚即位。这就有点不正常了，如果按照兄终弟及的规矩，继承王位的应该是季札；如果季札不干，那就应该是老大诸樊的儿子光。正如季札所担心的，规矩一坏，以后的事情就不好办了。王权的诱惑太大了，而且这些人的腰间都有一柄青锋宝剑，主人的欲望之火在燃烧时，嗜血的宝剑

剑跟琴一样，弹不同位置音阶不同，后世曹植、李白都喜弹剑高歌。

在"诚信"的传统视角之外，将季札挂剑的行为理解为一种极富仪式性的自我调整，塑造了一个收放自如，进止有分的达者形象。

剑有双刃，佩剑是人格的外化与延伸，剑在君子腰中更显其风神俊朗；在小人手中则沦为嗜血狂魔。

也在剑鞘中跃跃欲试。吴王僚十三年，僚被公子光派人暗杀，刺客是把剑藏在烤鱼里，在宴席上下手的，这就是历史上有名的"专诸刺王僚"的故事。公子光即后来很有过一番作为的吴王阖闾。阖闾这个人很会玩政治，王僚陈尸后庭，他又假惺惺地要季札继承王位。季札很识相，也很懂得这中间的游戏规则，他说了几句相当得体的话：我没有任何怨言，只有哀悼死者，事奉生者，以顺应天命。谁即位为君，我就听谁的。他当然又跑到乡下种田去了。

季札活了92岁，他清醒、理智，没有政治野心，又能在民众中吸取生命的养料，因此他能长寿。要在严酷的政治斗争的夹缝中独善其身，又要对国家和民众有所贡献，他实在很不容易。他死的时候，已经是吴王夫差十一年。他一生经历了7位国君，也经历了吴国的鼎盛和衰落。他死后12年，越军就攻入姑苏，吴国灭亡。

作为一名王室贵族，季札的陪葬品中大概没有剑——他生前不喜欢佩剑。

独善其身和兼济天下，在季札那里得到了统一。

几处数字直观地呈现了季札为人处世的智慧对其自身及国家的重要影响。

心香

弹铗归来抱膝吟，

侯门今似海门深。

御车扫径皆多事，

只向慈仁寺里寻。

引用诗句开篇，
吸引读者。

　　这是孔尚任（号东塘）《燕台杂兴》中的诗
句，诗中要找的人是当时的文坛领袖王士祯。王
士祯名气很大，官也做得不小，要找他，<u>为什么
不登堂入室，却要跑到慈仁寺去呢？</u>原来王士祯
的龙门十分高峻，要见他很不容易，曾有人为此
去走徐乾学的路子。徐是康熙年间的状元，又是
内阁成员，通过他的引见，拜会王士祯应是不成
问题的。但徐乾学却指点了一条更便捷的路子，
叫那些追星族每月十五日到慈仁寺的书摊去等
候，因为王士祯喜欢读书，亦喜欢逛书摊，到时
候包你一找一个准。所谓"御车扫径皆多事，只
向慈仁寺里寻"，本事即由此而来。

设问的手法，
引人注意，启
发思考。

215

王士祯虽负文
坛领袖的盛
名，却依旧保
持读书人的趣
味和习性，使
人感到温暖可
亲。

这样的小掌故不仅有趣，而且很有意味，让我们有一种如坐春风般的温煦。一位名满天下的大诗人在书摊前寻寻觅觅，而那些崇拜者则利用这机会得以与他结识，这大概就叫以书会友吧。

以书会友，那是很令人神往的。

经常有这样的事，接到朋友的电话，叫出去散散心，问他在哪里，说在老地方等。"老地方"是我们常去的一家书店，不很大，却很有品位。我当然立马就去了，在某一排书架后面看到了友人的身影，他也看到了我，却用不着像平日那样打招呼，只一个眼色就够了，仍是低头翻书。我走过去，看看码在他面前的几本书——显然是已经通过初选了的——极随意地评点几句。这里容不得高谈阔论，也没有人想在这里高谈阔论，因此那评点总是大而化之的，却又一语中的："这一本不错""可以""这本书意思不大"，比脂砚斋和金圣叹的批注还要简约。店堂里很静，只有窸窸窣窣翻书的声音，有如春蚕咬桑一般好听。书香飘逸在四处，若有若无地浸润着你。于是，你不由自主地就变得矜持起来，甚至绅士起来，一举一动都显得那么善解人意，彬彬有礼。素不相识的人，在这里偶尔发生点小碰撞——例如你碰落了他手上的书，或他踩了你的脚之类。要是

将书店里翻书
的声音比作
"春蚕咬桑"，
给人一种田园
牧歌般的美妙
感受。

在另一种场合，即使不会恶语相加，也要怒目相向的，但是这里绝对不会，这里只有宽容的一笑。说不定你还会眼睛一亮，因为碰落在地上的那本书正是你喜欢的。这时候，对方就会指点你在哪一排书架上，并捎带着自己的评介。这样，你或许就结识了一位新朋友，下一次见面时，话题就会从这本书开始。这不同于在宴席上结识的朋友，再见面时，无非是谁谁谁赖掉了几杯酒之类打着饱嗝的无聊话题。书店里的氛围似乎天生就与油滑、媚俗、浮躁、哄闹无缘，也天生就与打哈哈、黄段子、瓜子皮以及颐指气使的长官式的面孔无缘。即使不买书，在这里也是温馨惬意的消受，一个眼神，一阵沉思，一段窃窃私语中，都流溢出心灵深处欢悦的吟唱。若是选到了自己梦寐以求的好书，那就不仅仅是心旷神怡了，和友人一起走出书店时，那种天高地广的感觉，仿佛拥抱着整个世界似的。

有感于此，遂戏改东塘先生诗云：

淘书归来抱膝吟，
开卷犹觉学海深。
以书会友诚快事，
心香一瓣此中寻。

题匾说趣

旧时的建筑讲究一块匾额，其重要性就有如一件艺术品最后的点睛之笔，少了这一笔就没有精气神。题匾的当然必须是名流政要，字要好，有时还要连带着给楼堂馆斋之类的取名字。对于有资格题匾的腕儿们来说，这是既风雅又实惠的美差，酒酣饭饱，大笔一挥，何其潇洒放达！红包自然是当仁不让的，因为这是一种身价。而主人这边亦觉得门面上很风光，足可蓬荜生辉，双方皆大欢喜。清人笔记中有这样两则关于题匾的轶事，很有点意思。

一则出自《履园丛话》，主人公是清初"江左三大家"之一的吴梅村。吴是太仓人，太仓东门有一王某，以皮工起家，累至巨富，于是建了一座楼房，为了装点门面，一定要吴梅村为他题匾。吴倒也没有摆大名士的架子，为之题了"阆玻楼"三字。人们都不明其意，以为一定有什么古奥的出典，问吴，吴笑道："没有什么其他意思，不过是大实话——东门王皮匠罢了。"人们听了，皆捧腹大笑。

吴梅村只是开了一个玩笑，并没有多大的恶意。但另一则故事中的主人公就有点刻薄了。说的是松江有一个叫郭福衡的文人，知名度颇高，同乡有一以武弁起家的暴发户，性喜奢华，但目不识丁。一次新居落成，求郭为其书一匾额。郭提笔写了"竹苞堂"三字。主人很高兴，拿回去挂了起来，且四处夸耀。有人对他说："这里面隐含了'个个草包'四个字呀!"但那人却认为堂名取得好，字也漂亮，始终不肯取下来。

从"阑玻楼"到"竹苞堂"，两块匾额中折射出的某种社会心理是很值得玩味的，文人看不起那些皮匠武弁者流，这是一种传统的思维定势。但此刻面对着没有文化的暴发户，他们的心态又颇为复杂，既要矫情镇物，显出自己的清高；又不能端足架子，拂袖而去。这一则固然是为了那可观的润笔，再则也因为到了明末清初那个时候，江南地区商风大渐，商人阶层已成为一支不可小视的社会力量，不大好得罪的，于是玩点文字游戏的恶作剧，算是对暴发户的一种反击，以求得心理平衡。对于这种扭扭捏捏的反击，倒是暴发户们玩得比较大气，特别是那位

尚搅得七零八落。阔绰起来的工商阶层开始追求生活的品位与格调，比如用匾额装点门面。然而这种举动在文人看来是无疑是一种身份上的僭越。在这两则故事里，文人几乎是本能地厌恶那些浑身散发着铜臭气的暴发户，但在金钱的驱使下，在时势的裹挟下，他们所能做的，也只是用一种狡黠的方式，自鸣得意地宣泄一下胸中不满的情绪。

"竹苞堂"主人，明知文人在挖苦他，偏是不肯把匾额拿下来，他大概对文人这种咬文嚼字的把戏很不屑，红包你已拿了，字也写了，银货两讫，"草包"便又怎样？我"草包"照样活得很滋润。这样一来，倒显出文人的酸腐和小家子气了。

当然，不为区区润笔所动的文人也是有的，例如清代的大书法家傅青主。京师打钟庵的寺僧想请他题写庵额，傅因厌恶那和尚品行不端，推辞不允。此僧知道某公与傅友善，就转用重金贿请他代办此事，某公知道傅的为人，就想出一个办法：一日买了好酒，请傅来痛饮，又预先写好五言绝句一首，将"打钟庵"三字嵌在其中，乘傅微有醉意时，便拿出此诗，以"家里有块屏风，要将此诗刻在上面，自己又写不好"为由，请傅代写。傅自然乐意，大笔一挥，字写得尤胜于平时。事后，某公将诗中"打钟庵"三字剜出，给寺僧题在门上。这种事情当然瞒不长久的。当傅青主知道自己被朋友出卖后，遂愤然与某公绝交。

这是一则文化掮客智赚书呆子的故事，故事中的"某公"也算是一个文人吧，但其人格却极为卑俗。以他的诡诈，要一个天真的文人自然游刃有余。这种人有相当的社会交往，圈子里外都兜得转，但眼光所及，无非孔方兄耳。利益驱使之下，坑吓诈骗都来得。君不见当今那些上蹿下跳、春风得意的"穴头"吗？但在傅青主那个时代，"某公"干得还算风雅，因为傅青主是风雅中人，他只能以诗酒为媒，在一片氤氲的文化氛围中完成自己的诈骗。眼下的腕儿们当然没有这等档次，穴头和他们也就无须"文化"和风雅，只需赤裸裸的金钱交易。至于个中龃龉，大抵属于黑吃黑而已，被穴头坑了也是活该。他们一般也不敢与穴头"绝交"，因为以后还用得着这些人，只能玩假唱、偷税、临开场了赖在后台讨价还价之类的把戏，拿观众杀气。

同样是为寺庙题写匾额，明末的周顺昌则又是另一种情怀。周顺昌是东林党的"后七君子"之一，因反对阉党专权，魏忠贤派人到苏州逮捕他。启程前，周神色自若地对家人说："前些日子有个和尚要我为他题庵匾，现在该把这事了却了。"便命家人拿来纸笔，题了"小云楼"三个大字。写完后，把笔一扔，笑着说："此外再没有什么事要我牵挂了。"周顺昌冤死北京后，他的朋友在悼诗中因此有"银铛犹勒小云楼"的句子。

春秋时期延陵季札将千金之剑挂于墓树，不欺本心；明末周顺昌大难临头题匾践诺，从容赴死。千古仁人之心，使人叹服！

周顺昌与那位和尚似乎没有多深的交往，在请他题匾这件事上，也不存在金钱交易。在这里，他体现的是一种从容赴死的凛然正气，一种中国知识分子的人格风范。缇骑呼喝，大限临头，到了这时候，名利之类已没有什么意义，只有人格力量凸现得如此亮丽峥嵘。"银铛犹勒小云楼"，难得！

萧瑟南朝

几年前，在图书馆偶尔翻过一本《丹阳志》，是清朝康熙年间编撰的吧。其中说到大诗人陆游路过丹阳陵口时，看到齐梁陵墓前的大石兽凋零偃仆于荒野之中，十分伤感。宋代离南朝大约500多年，还不算很远。诗人肯定会想到那个风华旖旎的南朝，沧桑之叹，兴亡之慨，他不会没有诗的。只是《剑南诗稿》中没有收录，或许是散佚了吧。

触摸历史上的南朝确是很伤感的，它会令人想到一种有如烟雨凄迷般的时代氛围。天空似乎总没有多少亮色，后宫里浮艳的歌舞带着湿漉漉的苔藓味。乡野间酒旗在望，吴歌相闻，寺庙的楼台在萧疏的雨雾中若隐若现。那是一个靡废羸弱的时代，又是一个文采风流的时代。其中齐梁两代帝王的故里都在丹阳，死后也大都归葬于此。现在我们所能看到的文化遗存，除去几本写得很讲究也很漂亮的山水诗和宫体诗外，就是那

失落之余，带有一种自我解释、自我安慰的意味。

从历史画面的遐想出发，营造出一片烟雨凄迷的感伤氛围。

223

些陵墓前的石刻了。

那么，就到丹阳去看看吧。

从陵口沿萧梁河北去，一路上不时可以见到那些雄硕而精致的石刻散落在旷野中，让人心头一惊一乍的，也无端地生出许多感慨。在齐梁那个时代，王子公卿们来丹阳谒陵，大致也是从这条路线走的。他们自都城建康沿秦淮河上溯，经陵口转棹萧梁河，再乘车到所去的陵冢，那种翠华摇摇的排场和威仪自然可以想见，但历史已经过去了差不多 1 500 年。

这种惊乍和感慨缘何而来？那是渺小的自我与苍茫历史迎面而视时内心生起的一种肃穆敬畏的感情。

有什么生命能延续 1 500 年而风采依然呢？大概只有艺术。

终于到了三城巷。在丹阳境内，现今发现的齐梁帝陵有 12 座，而三城巷一处就有 4 座。这里是荒村僻壤，除去偶尔光顾的几个文化人和学者，到这里来的人不多。这很好，真正有价值的东西大抵总是不喜欢抛头露面的，它高贵而矜持地等待着人们来朝圣，绝不肯作出姿态来媚俗。

运用排比句式和矛盾修辞，将几种看似对立的感受放置一起，浪漫而丰富地表达了那种难以言传的震撼心情。

久仰了，南朝石刻。现在，我终于走近了你。如果不是因为你守护的那几具与蛇虫为伍的腐骨，我真想向你顶礼膜拜。因为，你是如此精美又如此残破，如此高贵又如此荒凉，如此威猛又如此天真，如此古典又如此与我们灵犀相通。

我曾经游览过国内一些颇具盛名的帝王陵墓，它们大都修葺得很好，络绎不绝的游人也很热闹。但必须承认，我的心灵从来没有像今天这样被深深地震撼过。虽然这里早已落尽铅华，只有旷野里几只遍体鳞伤的石兽，但正是这种萧瑟和荒僻，令每一个目击者惊心动魄。试想，如果把这些石兽放到博物馆里，配上现代的灯光和伶牙俐齿的解说，我们会产生这样的震撼吗？这是一种苍凉和残缺之美，它指向一种超越时空的艺术至境。这里有诀别，有固执，有从容和宁静，有岁月的残梦和历史的泪痕。<u>真应该感谢这1 500多年的雪雨风霜，它们让该朽的与草木同朽，不朽的与岁月共存。</u>

走近石兽，轻轻地抚一把六代风华，我生怕惊扰了它那优雅的沉思。

这里没有重复。虽然大略望去，它们都一样的雄硕端庄，但仔细看看却各有各的神貌。工匠们的慧心灵性和独特的艺术趣味喷薄跃动，酣畅淋漓地释放为造型和线条，每一尊石兽都是一阕生命的欢舞。它们或憨态可掬有如顽童；或在前足下攫一小兽以示勇猛；或长尾垂地，向内收进再外旋，既增加了整座石雕的支撑，又巧妙地填补了两足交错形成的空间，在视觉上给人以稳定

浮华总被雨打风吹去，岁月铭记的只是历史的诚挚深刻处。

感。今天，我们已无从考证这些工匠的姓名，即使是如此雄迈精美的大制作，也没有留下一点关于作者的蛛丝马迹。他们或许来自北方的苍原，随着晋室东迁辗转江南。起初，他们的刀斧下还不经意地流泻出北方的雄浑和粗犷，但渐渐地，变得优雅流丽了，秀骨清相了，丰腴圆润了，有如江南的丝竹和吴歌。他们有自己的悲欢，自己的爱情，自己的成就感吗？我们不知道。我们只知道，当时北方的工匠正在敦煌和云冈的岩壁上雕凿佛像，用自己超迈的才华演绎那些因果报应的佛教故事。那是一个神的世界，当然，那是人格化的神。而南方的他们则在用自己同样超迈的才华制作陵墓前的石兽。这里没有故事，没有道德说教，没有苦难和慈悲，只有造型的风骨和神韵。这是一个兽的世界，当然，这也是人格化的兽。麒麟、天禄和辟邪都是世界上莫须有的巨兽，但它们身上却包含着人类生生不息的欲求，折射出世俗的理想之光。它们有足、有翅、有角。有足可以奔驰，有翅可以腾飞，有角可以决斗。它们是强健和自由的生命，是中国南方的飞天。

离开三城巷时，我在照相机里定格了一个镜头：一个老农荷锄倚在石兽边，神态悠闲地点燃了一袋烟。烟雾在斗笠上袅袅升腾，老农眯着眼

对石兽的关注不是仅仅出自于对艺术本身的喜爱，还有对艺术背后的人情世故、时代风云的探访追踪。这也是石兽之所以成为历史载体的本质所在。

兽的世界反映着人的梦想和想象。

这个镜头，像极了杨慎《临江仙》里的意境："白发渔樵江渚上，惯看秋月春风。"在残阳似血的背景之下，历史仿佛也凝固了。

睛，极惬意地望着远方。远方，是一轮又大又红的夕阳。

我一时想不出该给这幅照片取什么名字。回望夕阳下雄峻的石兽，我只是在心底里呼喊：请不要用粗陋的钢筋水泥修复它们，现代人的仿真技法无法支撑那古典的精致和神韵；请不要把它们搬进博物馆，在那里平头整脸地接受人们的观赏；请不要让这里游人如织，红男绿女摩肩接踵。就让它们孤寂地遗落在这里，遗落在这荒草萋萋的夕阳下。

因为，这才是历史。

这才是历史上的南朝。

历史的神韵只能在此时、此地、此情。

书笺小祭

书笺小祭，即为书笺写的一篇祭奠文章，题目已经显现出浓厚的感伤之情。

好久不写信了。

给友人写信是一种享受，铺开信纸，听笔尖沙沙沙地低吟浅唱，真有如红泥火炉、清茗对坐；或漫步林间，半日悠游。写到得意处，忍不住回过去读一遍，一边想象着对方看信时会意的神态。此中快慰，用"如沐春风""醍醐灌顶"都不足以形容，而且这快慰会一直追随着你。写信封时，一点一画都极其张扬，所谓神来之笔也往往就在这种时候。

但我已经好久没写信了，因为有了电话。

写最后一封信是在什么时候呢？大约是那个暮春的下午吧。我坐在阳台上——那里有一张写字台，伴着我度过整个冬天——给远方的朋友写信。春阳日暖，空气中浮动着游丝般的飞絮，市声变得浮躁，封闭阳台内升腾着暄气和燠热。所有这些，都化成了一种可以称为情调的东西，在信笺上浸润渲染。写这样的信会有一种全身心的

写信需要一种特定的心情，特定的氛围。当心与境合，信就不写不快了。

228

投入，烟灰积得老长，也顾不得去弹，任它悄悄地落在信笺上。可电话铃响了，遥远而亲切的声音恰恰来自收信的那一位，欣喜之后是简明扼要的回答。然后互道"再见"。

前面越是极力渲染写信的兴致，后面的那声"再见"就越刺耳、越扫兴。

信自然是不用寄了，因为说到底并没有什么大不了的事情必须诉诸笔端。但那浸润于信笺，并且只能属于文字的情调；那春阳日暖，暄气升腾的心灵躁动，电话里能讲得清吗？对着电话，我一阵黯然。

电话现在是越来越普及了，而且还在轰轰烈烈地继续普及下去。它的触角几乎无所不在。追悼会上向死者默哀时，冷不丁会冒出几声蛐蛐叫，于是一个个把悲哀放在一边，撩起衣摆审视自己的将军肚或杨柳腰。大街上凡是能露脸的地方，总有人举着"大哥大"挺胸突肚地作指令状。公用电话星罗棋布，人们对着话筒吼叫着"行""快""要现货"……那么就躲进自己的房间，打开电视或收音机寻一份清静吧，可偏偏闯进耳里的是哆勾勾的"老地方""不见不散"。据说那是不小心碰上了人家的频道，那玩意儿的气派小一点，叫"二哥大"。

一个来电铃声便解构了所有属于葬礼的悲痛和肃穆，将现实的荒诞感暴露人前。

街上屋里，到处都是喧嚣焦躁，那一份古典的情愫在现实中难有托身之所。

于是常常会想起那几张信笺的温馨。

10 年前我在鲁迅文学院进修时，接到一封朋友的来信，信中的内容早已淡如烟云，但最后的那两句话至今难忘："你走以后，这里越发冷寂，只有园子里的杏花开了几朵，其他一切依然。"记得我当时是对着这两句体味再三的，北京城正瑟缩在漫天风沙和料峭寒气之中，但南国那几朵杏花传递的温煦却充盈了我的情怀。读着这样的信，你还会感到孤单吗？马上提笔复信，回报一份京华游子的心迹。

那时候，人们大抵还不习惯用长途电话传递声音，真是太幸运了。

到了秋天，在窗外萧萧的落叶声中给家中写信，随手便流出这样的句子："秋风渭水，落叶长安。天气越来越冷了，总念着你和孩子。"妻后来告诉我，她读到这些时，在灯下流泪了。

现在自然是阔多了。出差在外，晚上"水包皮"之后，倚在沙发床上随手挂一个长途，"家中都好吗？""都好。""没有什么事吧？""没有事。""有事打电话，这边的电话是……"电话搁下了，塑料对塑料的磕击呆滞而板涩，没有一点弹性和张力。

方便，快速，伸手可及，万水千山只等闲，人们都在为方兴未艾的电话热而欢呼，谁也没有想过这种欢呼背后的代价。

北魏陆凯《赠范晔》言："江南无所有，聊赠一枝春。"从远方捎来的一抹春色，对飘零他乡的游子来说，无疑是寒冬中最温柔的抚慰。

那时简朴、迂回的表达方式反而使情意得到最大限度的保存，真让人满心感慨。

我有时会呆想，如果电话的普及早上半个多世纪，我们今天将不会看到鲁迅和许广平在《两地书》中鲜为人知的倾诉，也不会听到巴金和萧珊在《家书》中深情蕴藉的低语，那将是一种怎样的缺憾！如果电话的普及早上几十个世纪，中国文学的绚丽画廊简直将要为之黯然失色，这里会缺却了苏东坡的"明月几时有，把酒问青天"，这首传唱千古的杰作是他在中秋之夜寄给弟弟子由的；缺却了李白的"思君若汶水，浩荡寄南征"，因为这首诗的标题是《沙丘城下寄杜甫》；也缺却了白居易那首长达一百韵、一千字的《代书诗》，那是他在苏州刺史任上，代替书信寄给任越州刺史的好友元稹的，那时候，他们经常用这种五言和七言律诗代替书信互相唱和，以致开创了中唐诗风中的元和体。在苏州和越州之间的官道上，驿马扬蹄疾驰，负载着挚友之间生死以之的情谊和魂牵梦萦的思念，也负载着华夏历史上一幅流韵久远的文化景观——当时没有电话，幸甚，幸甚！

以前我曾对着电视里的某条新闻迷惑不解，在传递手段高度发达的现代社会，为什么还有国家元首之间或给联合国秘书长写信的，他们打电话难道还不方便吗？或者说难道还在乎电话费

用假设的方式将历史上由书信托起的情感故事娓娓道来，引发读者美好的想象和珍惜的情感，进而加深对现实问题的思考。

吗？现在我懂了，从根本上讲，电话是一种快速回撞式的语言系统，有点类似于体育运动中的壁球，它更适合于利益竞争中的讨价还价。例如20世纪50年代以后，美苏两国总统之间就有一条热线，主要用于发现对方核导弹升空后的快速反应。而书信却能传递一种更为舒展也更为宽厚的人类情感，它是风情万种的艺术体操。

电话来了，很好！"行""快""要现货""没有事吧""有事打电话，号码是……"好摩登，好潇洒，好方便。可失却了情调，失却了韵味，失却了等待、期盼、憧憬、焦灼，以及由此而引起的误解——好没意思！

电话铺天盖地而来，以殷勤的服务向你搔首弄姿，只要你愿意触摸一下某个敏感部位，受用时甚至可以轻松得"免提"。它到处投怀送抱，只讲按时收费，锱铢必较；它满街横陈，满街游荡，却没有冲动和情味；它招之即来，来者不拒，方便得连半推半就的矫情也一概省略。电话，你这不要脸的娼妓。

又要说到陈年的旧事了。

我在鲁院学习结束前，给家中写了一封信，告诉回去的日期和车次，让妻到无锡接站。可直到离京的前一刻，我还没买到一张最末等的车票。再写信回去是来不及了，想象着妻风尘仆仆地从乡下辗转乘车来到无锡，顶着寒风在站台上空等的情景，真恨不得铁道部长是自己的亲戚。上苍有眼，我终于找到了一个沾亲带故的关系，他有一个熟人在列车上当乘务员，把我送上了车。一路上，20多个小时，没有座位，没有水喝。连站立的空间也要靠不断地闪展腾挪来开拓。极度的困顿中，支撑我意志的就是妻在前方的车站深情远眺的身影。车到无锡时，已是晚间10点，从车窗里看到妻孤单的身影，一路上的疲惫早已风流云散，还呆看什么呢？"老夫聊发少年狂"，赶紧冲出车门，挽起妻温热的手，在白雪皑皑的大地上走出一路久别重逢的浪漫。

后来妻责怪我，买不到车票，为什么不打电报回来更正呢？我说我不甘心，而且偏是这样好，有意思。

这"意思"是那封家信带来的——那时候，妻的乡村学校里没有电话。

当声音无法即刻传达的时候，人的行动力就体现出来了：想方设法弄到回家的车票，20多小时不眠不休，终于换得白雪皑皑的晚上携手还家的美满。其间的勇气、焦灼、期盼、幸福是爱情最生动、最激荡的体验。由此看来，"不方便"的书信恰恰成全了一段浪漫。

图书在版编目（CIP）数据

何处望神州：夏坚勇散文精读/夏坚勇原著；王丽编注. —上海：复旦大学出版社,2020.8
（著名中学师生推荐书系/黄荣华主编）
ISBN 978-7-309-14920-3

Ⅰ.①何… Ⅱ.①夏… ②王… Ⅲ.①散文集-中国-当代 Ⅳ.①I267

中国版本图书馆 CIP 数据核字（2020）第 036493 号

何处望神州：夏坚勇散文精读
夏坚勇　原著
王　丽　编注
责任编辑/宋文涛　高　原

复旦大学出版社有限公司出版发行
上海市国权路 579 号　邮编：200433
网址：fupnet@fudanpress.com　http://www.fudanpress.com
门市零售：86-21-65102580　　团体订购：86-21-65104505
外埠邮购：86-21-65642846　　出版部电话：86-21-65642845
上海崇明裕安印刷厂

开本 890×1240　1/32　印张 7.75　字数 160 千
2020 年 8 月第 1 版第 1 次印刷
印数 1—5 100

ISBN 978-7-309-14920-3/I·1216
定价：38.00 元

中华根文化·中学生读本

春秋大义

《春秋》三传选读

主编　黄荣华

编选　王琳妮

复旦大学出版社